El Ángel
de La
Muerte

El Ángel de La Muerte

LADY WOLFEAGLE (MAR)

Número de Control de la Biblioteca del Congreso de EE. UU.:   2014900020
ISBN: Tapa Dura   978-1-4633-7646-8
                      Tapa Blanda   978-1-4633-7645-1
                      Libro Electrónico   978-1-4633-7644-4

Este libro fue impreso en los Estados Unidos de América.

Fecha de revisión: 21/03/2014

Para realizar pedidos de este libro, contacte con:
Palibrio LLC
1663 Liberty Drive
Suite 200
Bloomington, IN 47403
Gratis desde EE. UU. al 877.407.5847
Gratis desde México al 01.800.288.2243
Gratis desde España al 900.866.949
Desde otro país al +1.812.671.9757
Fax: 01.812.355.1576
ventas@palibrio.com
501531

Dedicatoria

A Dios por encima de todo pues me dio la vida y me ha concedido seguir viva pese a tantos tropiezos. A mis Padres, que con sacrificio me educaron y criaron con fuertes fundamentos de fe. Me enseñaron a respetar a los mayores y a dar sin esperar, que la vida es hermosa y solo queriendo al prójimo se puede perseverar en este mundo que no sabemos a dónde nos llevara. Esas enseñanzas viven en mí y me han ayudado a estar viva en esta jungla de humanos donde mantenerse vivo no es fácil.

Pese a que mi padre no vive sé que vela por mí desde el cielo de el recibí mucha enseñanza, me decía de los peligros del mundo y me hablaba del ayer para darme una línea de vida. Me hablaba de nuestras raíces, de cómo eran sus tiempos y las licitudes que paso para ser quien era, pues no hacia lo que a otros le gustaba o querían que el hiciera, si no que busco su destino a sabiendas que no iba a ser fácil y más aun sin ningún tipo de preparación pues para su tiempo era bien difícil estudiar y más conseguir trabajo alguno en alguna finca en su condición.

Mi madre que con tanto afán luchaba en tiempos muy malos económicamente, nunca se vencía y contra viento y marea me dio educación

Explicación de porqué escribo el libro

Los Ángeles han existido desde antes del humano existir. Dios es su inmensa creación les hizo hermosos y dió a cada uno su especialidad. Existen diferentes jerarquías y de esa manera pueden desempeñar su tarea. El ángel de la muerte es solo un delegado que trabaja para nuestro creador. Pese a que su tarea como explico más adelante no es de su agrado.

Me decían de niña que Dios envió a cuatro Arcángeles a buscar tierra a las cuatro esquina del mundo para hacer de ahí al hombre, más solo uno logro hacer su tarea. A ese Dios le dejo encargado de la muerte y le tocaba separar el alma o espíritu de los cuerpos de los seres humanos. A él se le concedió el poder de entrar y salir del cielo e incluso ir al infierno a rescatar almas que injustamente fueron allí.

Es bien que Los Ángeles me han guardado y me ha advertido de peligros como lo hacen los ángeles guardianes y los arcángeles, pero fue como ambos a la vez en mi caso. Sé que cuento con la bendición de arriba y que me ayudara a lograr lo que Mi Señor desea que haga antes de partir, espero que mi legado sea para ayuda a otros en motivación y perseverancia. Que vean las cosas con diferentes perspectivas y se guíen solo por su corazón. Ya que pese a que no he visto casi todo en el mundo que me rodea, si he visto sobre todo el mundo de pobre, el desvalido el que vive en un rincón debajo de una escalera, debajo de un puente. Los que la humanidad no desea ver y los que sus familias ni miran porque por razones diferente perdieron un lugar alto en la sociedad y se averguenzan de ellos, por que no tienen para ayudar como lo hacian algunos de ellos y eso hizo que les hecharan a un lado como seres humanos que ya no van a levantarse y con este medio les indico que estaban muy equivocados y que solo Dios decide el porvenir de cada uno si seguimos sus mandatos y obedecemos sus leyes.

Es desde que tengo uso de razón que me ha gustado escribir y soñaba en ser una gran escritora; mas no lograba pasar de cuentos para la escuela, poesía, canciones y uno que otro drama para alguna ocasión en la vecindad o escuela. Tenía todo recopilado para un día publicar todo lo que había escrito, más en tragedias como el fuego todo lo perdí por más de una ocasión. Hoy en día comparto mi vida aquí y allá con los que quiero como mi madre, que es la unica que se ha mantenido firme en su cariño por mi. Aun sigo y recopilo notas para seguir escribiendo, no para ser famosa si no para compartir con el mundo lo que pase y lo que vuelva a vivir si dios me da la extensión, ya que nunca me he rendido. La vida que he tenido tiene muchos recuerdos y mensajes porque viví mucho y deseo usar mis vivencias para formarlas en experiencias y de ahí darle a otros para que no crucen ese camino y mejorar muchas otras vidas.

No les niego que estuve preocupada y hasta llegue a pensar era supersticiosa, pues como algo me seguía a do quiera que iba y perdí cosas que jamás podre reemplazar entre ellas muchos escritos que jamás podre recuperar o escribir pues no recuerdo. No entendía porque me sucedían y algo dentro me decía que escribiera y lo hacía pero no era lo que me pedían y por más deseo que tuviera de seguir escribiendo y por más fuerzas no lograba terminar este libro ni ninguno. Me desviaba por otros temas y tenía que suspender para volver aquí. Mas no entendía porque; que era de especial pues nunca había visto misterio en la muerte y no la considero del lado obscuro si no que me enseñaron que de acuerdo a tu conducta en la vida sabrás a dónde vas; por lo tanto de igual manera tendrías idea de quién te recogería; y esa era una pregunta que me hacía y me hacía y pese a que entiendo algo ya es mucho mas por escudriñar y aprender.

Un día en sueños me llevaban a muchos lugares y recompile tanto material para más de un libro pero poco a poco me fui olvidando de ellos y así me enseñaron, algo muy importante, algo muy adentro me indico que hasta que no escribiera lo que estoy haciendo nunca lograría publicar nada más. Me fue extraño y al despertar ore y pese a que no sentí miedo, si sentí temor por mí. Me hice miles de preguntas pues el tema era controversial y pregunte a mi dios si luego de terminar me mandarían a buscar; aún no se la respuesta y me imagino que la tendré luego de terminar este pequeño y humilde libro. Aclarando que lo que escribo es material que llevo conmigo desde pequeña y que al ser adulta muchas cosas me han cambiado.

De seguir viva entonces tendré la respuesta de que puedo por tiempo limitado como todos tenemos en esta tierra escribir más y llegar a la misión que el señor me envió y no he cumplido aún. Dios es un ser muy hermoso en todo y sé que lo saben, mas también es guerrero y envía sus ángeles a pelear o defender lo que le pertenece, que el ángel de las tinieblas trata de apoderarse, él no se lo permitirá, el angel que se me presentaba de niña bien me explico que cuando hay gurerra hay que pelear y ellos no van a perder pues su dios es grande y poderoso y jamas cedera sus dominios al de las tinieblas, es un Dios celoso aunque muchos no lo sepan defiende lo suyo. Se dice que el diablo es príncipe en esta tierra, yo no le doy un puesto de esa magnitud, para mi es solo un DEMONIO que trata de impresionar para tener ejército y como no puede solo compra mezquinamente a los que aún no conocen lo que es la maravilla de la luz celestial; el amor divino de Dios.

En cuestión a esto de arriba o es de abajo. No deseaba continuar con lo que estoy escribiendo. Llegue a pensar me estaba volviendo loca. Pero más y más me venían cosas que tenía que escribir. Tenía sueños, pesadillas y me levantaba a llorar y oraba para poder reconciliar el sueño. A todo esto no encontraba con quien hablar, pues desde que perdi lo poquito materiar que tenia como mi hogar y mi saloncito de belleza y llego el divorcio y asi cai en caos y luego depresion, tuve varios accidentes, me vi invalida y los que se suponen estuvieran para apoyarme le dieron otra vuelta a lo que me pasaba y me fueron lentamente apartando de ellos, pue ohi muchas veces tras ventanas que ahora empezaria a pedir por la situacion que pasaba, mucho menos deseaban hablar conmigo del tema que hablo pues era cosa de loca, Asi era de suponerse que al no encontrar esa persona que tuviera la paciencia, fe y pudiera entender mis pensamientos sobre la muerte, que no se asustara o me dijese loca, que me ayudaran a entender por lo que pasaba y no me jusgaran senti me iva a volver loca de verdad valga tanta redundancia, pues le dieron un giraso enorme a todo lo que me sucedia y me volvi revelde como no tienen idea; luego me fui adaptando y me iva cada vez mas al fondo, me aparte de la iglesia pero no de mi amor a Dios, vivi en sitios tan pobres que en muchas ocaciones me arrope con papel de periodico pues lo que resibia tenia que guardarlo para auto, gas y comida, asi que donde dormir era lo de menos, donde me cogiera la noche. Donde iva asearme a los baños publico, corte mi cabello pues era mejor para lavar en un lugar de estos y asi estuve hasta que regrese y conseguí el apoyo.

Como llevar el mensaje de la manera que se me dictaba. Así que optaba por no escribir ponía música y me envolvía en otras actividades para no dar más pensamiento a lo que en mi cabecita escuchaba y susurraban. Me ponía a leer y sobre todo los salmos en las sagradas escrituras. Pero algo había muy extraño que no podía visualizar que me decía escribe, escribe. Muchas veces me levante y no encontraba papel o lápiz y escribía con un pinta labios o crayón, la cuestión era escribir y lo más curioso nunca he sentido miedo. Normalmente cuando es algo malo así sea un sueño te levantas asustado y a mí no me daba miedo. Ni aun cuando veía algo distinto o que se moviera hacia mi sentí miedo, buscaba por tratar de entender por qué se aparecían y hubo muchos momento que me reía y decía esto son extraterrestres y me reía conmigo a la vez que miraba buscando un rostro largo o con un ojo, algo de cabeza picuda como en las películas y al ver que no era así y no lograba ver nada más que capas blancas que cubrían sus cabezas y no veía cuerpo o rostro alguno; solo luz que salía de adentro de esas capas y no me quedaba otra que volver a reír, reir a carcajadas y sentia que ellos lo hacian igual, luego el cansancio me vencia y lograba conciliar el sueño. Más adelante les doy más detalles sobre esas visiones.

Descripcion de lo que es el Angel de la Muerte, para mi:

Para todos ha sido siempre visto como algo horrible que viste de negro y solo trae dolor, para mi es un ser de buenos sentimientos que tan solo desea que los humanos no sufran mas de lo que estan sufriendo, trae alivio de una manera que a la vez da dolor pero que es su intencion guiar el alma al lugar correcto en su presiso momento y eso es lo que el que conosco hace, para mi un Arcangel de todos los que hay que viste de blanco, dulce voz en su momento y fuerte y regia cuando es necesario, que me ha protegido hasta el dia de hoy y a muchos otros mas somos ingratos y no lo queremos haceptar.

Cap. 1

Mi madre me preguntaba de niña cuando le decía que veía personas alrededor de mi cama vestidas en blanco; ¿te da miedo verlas? Y le respondía que no, era todo lo contrario me sentía acompañada y contenta. Así me sucedió cuando el ángel comenzó a decirme que escribiera sobre él y los que le acompañan en su tarea. Me era insólito y no quería, me oponía por mis principios en fe a escribir sobre algo similar ya que todos le temen a la muerte. A nadie le agrada el tema y no nos agrada que alguien que queremos se nos vaya sin ninguna razón. Pero yo sabía que era algo normal.

Por esto menos todavía quería escribir, tanto ha sido este dilema que perdí mis años de juventud y parte de mi madurez ya se han ido y no pude escribir nada. Cuando escribía otro tema se quedaban a mitad y luego algo sucedía y se perdían. Mas coraje sentía y más oraba pues no podía entender lo que ahora entiendo. Me pregunte muchas veces por que no deseaba obedecer a que temía o simplemente era miedo al qué dirán. Llegue a preguntarme y pregunte cuando pequeña ¿cómo sabía si él era el que decía? ¿Cómo yo de niña saber que no venía de los demonios? Era muy niña pero yo pensé no era tonta. Por eso recuerdo que si fui tonta ya que por muchos años tuve esas visiones, crecí y pase por tantas vivencias, tantos dolores fuertes que pienzo tal vez de haber obedecido no hubieran sucedido y aun asi Salí ilesa y de otras con heridas. Una de ella tenia unos nueve años me encontraba en el patio de una tia y para ese entonces existian unos postes que aguantaban las casas para elevarlas y evitar que al llover se metiera el agua dentro de la casa, me puse a tirarme de chorreras con los amigos de barrio y no vi un clavo para cemento en uno de los postes que sobre salia y fua que me enrrede y me quede dando vueltas como un carrusel. Llegaron mi madre pues papi estaba trabajando y me llevo de inmediato para el hospital; recuerdo como la pobre me also en brazos y subio una cuesta o como decian alla una jalda y fatigada llego a la carretera principal. En eso llego mi tio que le dijero el suceso y me tomo en sus brazos para que mami descansara y tomaron un camion publico que llego y me tomaron los puntos pertinentes y segun el medico estuve a punto de coger cangrena pues llegue con la pierna morada, pero no paso.Yo era muy trabieza y a poco tiempo volvi a jugar con mis amigos y estaba lloviendo, terca como yo sola cogi un pedazo de carton para resbalarme por los caño de corriente que ocacionaba la lluvi, habia un verja de alambres en una esquina de la vecindad y decidi presisamente hacerlo ahi. NO pense en conseuencia, niña al fin y que se imaginan, pues saz me enrrede en la mera esquina en una de las puaz de alambre pero estabes en mi dedo meñique y se quedo guindando en mi mano, sostenido por el cuero. De nuevo mi pobre madre volvio a correr conmigo, envolvio bien el dedo en un pañuelo de papi y penso que no podrian asegurar que quedaria bien; fue otra carrerita por la cuesta, gracias a dios hicieron un buen trabajo y aun conservo mi dedo pero con la marca o cicatriz.Por esa razón y otras mas sé que tarde, que no tenía que haber dudado y por eso ahora termino este libro.Pero no crean sigo con tropiezos.

A medida pasaron los años llego el momento que comprendí que realmente no era miedo al ángel de la muerte, ya sabía quién era y de donde venía, era a los humanos a los que temía y al que dirían de mi al escribir y relatar sobre él. A los contra tiempos que podía causarme este tema, controversial y en gran diferencia de opiniones. Comprendía que había sido una cobarde y que si tenía tanta fe y sabía que mi dios no dejaría nada malo me pasare pues me ha protegido tanto de tantas cosas; porque temer a los humanos, tenía que comprender lo que no había hecho nunca. La primera lección que me estaba dando era que fuera yo. No la que complace a los demás para verles felices no; esa no, pues por ser esa una cobarde hize lo que los demas me dictaban y me obligaban y me arrastraron al lodo. Tan cobarde fui que no grite a los cuatro vientos que era maltratada, abusada y obligada a tantas cosas encontra de Dios, por eso y mas me dijeron escribe y tienes que ser furte ser la persona que dios creo para algo no para lo que los demas hicieron de ti; que fuera una nueva persona pese a que digan o no, Me dijo que aún era tiempo para cambiar para volver a ser el ser humano que dios creo para algo especial, escribir. Decir en pergaminos todo lo que estaba viviendo; que no pensara en lo pasaría pues no podían ni me permitirían que se fuera conmigo lo vivido y que recordara que era un grupo que estuvo conmigo de pequeña y debía obedecer; más fui desobediente y más aún cobarde y rebelde contradiciendo todo lo bueno que nacio en mi. Que aunque a los demás no les iba a gustar tenía que escribir. Me pregunto: ¿que harás cuando tengas que escribir vivencias y más Te quedaras sin hacerlo o escribirás? Me indica, recuerda que el ángel de la muerte como me llaman es un emisario del señor y solo cumple su deber. Más te diré algo más, por qué no puedes ver mi rostro y solo vez una sombra y una capa, es porque si vieras mi rostro o silueta como ángeles nos podemos identificar en diferentes entidades, te tendría que llevar. Continua, busca al terminar tu escrito en la paginas sagradas donde se envió a buscar a Abraham y saco su espada y se defendió; así escrito esta que no puedes ver mi rostro más nos presentamos a ti por tu pureza de niña y no sabemos si al llegar a tu estado de madurez podrás ver nuestras siluetas. Vas a seguir oyendo pero no podrás ver pues el hombre cambia y sus pecados aumentan; los niños son ángeles como nosotros y se les cuida más que a nada. Está en la biblia busca cuando termines este libro, te hará falta más conocimiento, confía en lo que te digo y no tengas miedo. Más puedes contar que jamás andarás sola.

El dilema se explicó solito y me pregunte ¿porque? ¿Que pueden hacerme Voy a ir presa, me juzgaran me criticaran me ofenderán y qué? Que no agrade mi escrito o me critiquen y que; He vivido situaciones más Fuertes que esas y casi todo me ha sucedido y si deseo exponer lo vivido al mundo no puedo seguir con miedo. El miedo anda en burro decían en mi barrio y yo no he sido mujer de miedo hasta que se me dijo escribiera sobre el ángel y sus acompañantes.¿ Quien es y de donde viene y porque? No únicamente porque está en las escrituras si no porque es una realidad mayor y no le damos el puesto para hacer una balanza de vida. Es algo como el principio y el final. Tiene algo tan grande que si lo aplicamos a nuestra vida de la manera correcta tal vez solo tal vez se acabaría el trabajo de él y tomaría un descanso enorme para mirar de donde esta lo que sería ver a los humanos tranquilos y viviendo como manda la ley de dios si se obedeciera lo que está en sus escrituras y sus mandamientos.

La muerte ha existido desde que se formó la creación y más por adán y Eva vino la muerte ya que el malino logro confundirlos con su labia engañosa y al confundirlos que es su arte mayor comieron del árbol del bien y del mal y fue así que corrieron a cubrir sus cuerpos que estaban desnudos y no lo habían notado hasta ese momento, por tal nosotros pagamos por ello. Más no era de Dios ni le agrada que tengamos que morir, era su deseo tuviéramos vida eterna más por ello al ver la maldad y que el ángel caído se quería llevar a todos los que pudiera, formo un ejército distinto para que no lo permitieran y con espada en mano nos protegiesen y nos llevaran con él y no nos llevaran del otro bando; que no dudaran que los ángeles existen y están en todos lados y se disfrazan de distintas formas para nuestra protección. Todo esto que me fue explicado me hizo escribir y escribir. Esperando humilde relato de lo que he vivido agrade a ustedes y sirva para algo bueno. No es para que comiencen a temer o pensar que el mundo se acabara, todo llega a su debido tiempo y sobre todo cuando nuestro creador lo manda.

Salmo 34:7

El Ángel de Jehová acampa alrededor
de los que le temen y los defienden.

Cap. 2

Me dice; que Dios mismo elimina lo que este mal
hecho y no porque no nos ama, al contrario porque
nos ama Así que como diré varias veces esto es lo
que se me ha dicho que escriba y con el mismo amor
añadiendo las vivencias propias les trasmito con el
corazón, lo que está pasado y lo que me dicen que
escriba para formar la versión del Ángel de la Muerte.
No les diré que oigo voces pues no es así, si voy
a un doctor y le digo que oigo voces se imagina lo
que sucederia, me envian de inmidiato al manicomio
y esa no es la idea, mas lo que me sucedio de niña
es algo tan diferente a cuando algo dentro dentro
que despierta o dormida me murmura y por momento
me dan deseos de llorar por lo que me comunicaba
y si tuve dudas como dije ya, pero no más. El hecho
que escribo como si me estuvieran dictando es más
que prueba. Más cuando algo viene de un lugar
donde no entendemos y más yo una pecadora más
en este mundo donde existen tantas denominaciones
hablando de la palabra; ¿porque tengo que hablar
yo de la muerte? Le pregunte ¿porque no me dejaba
tranquila? yo quería no sentir ni oír nada. Más no era
mi decisión a tomar. Por esta razón No tienen que
estar de acuerdo conmigo, pues les comunico que
prefiero terminar asi sea un mini libro a seguir sin

saber que pasara conmigo, me voy no me voy; asi que de no hacerlo tendre la duda y por esta razon de no decirlo no podre seguir escribiendo hasta mi ancianidad que es lo que más anhelo en estos momento. Y como decidí dejar el miedo a un lado aquí les expongo mi forma de ver al Ángel de la Muerte.

Algo tal vez insólito pero que me ha sucedido a mí. Tanto creo en lo que me ha dicho que no tengo miedo ya de escribir. Al contrario me da gracia pues me dijo; encontraras quienes se rían de ti, otros te trataran de quitar el ánimo diciéndote que tú no eres escritora y que fracasaras, que no tienes el conocimiento basto sobre el bien y el mal y aun así no te detengas debes seguir escribiendo hasta terminar. Pues no es lo que los demás digan, no es cuestión de ser una experta en literatura, te encontraran muchos errores de ortografía y se burlaran y tal vez los expertos se rían del formato y así sucesivamente mas solo has lo que se te indico escribe lo que te digo lo más simple que lo quieras exponer pero dando el mensaje. Muchos te reclamaran que no eres profeta, que no eres un ministro de alguna cesta y otros te dirán:¿ quien eres para escribir sobre algo así? Solo contesta; "Yo obedezco."

Sé que como todo en la vida hay dos parte en la que todo lo que vivimos, se divide en alto, bajo, el cielo la tierra la claridad y la obscuridad.¿ Porque? aclaro pues muy sencillo yo no deseo hablar de la maldad que no vemos pero si en la que presentimos y la que nos rodea y nos ha llenado casi todo nuestro mundo. Hablo de algo muy diferente que es parte de quien nos hizo. No son nuestros padres desde luego es algo más alto que eso, algo hermoso que hizo a todo ser humano. Pero como ya dije al principio todo tiene dos ramas. En este libro ha sido mi intención borrar esa idea tan horrible que hay de la muerte según me ha sido dictado aunque sobre entiendo que duele como me duele a mi y me dolio al perder mi padre aun asi me dice que el que dude que busque las santas escrituras y encontrara la información sobre la muerte, los ángeles y su tarea para con los hombres.

Pues es mi concepto que cada ser humano creado por Dios tiene un corazón hermoso y que precisamente el lado obscuro de la vida los cambia. Pues es mi pensamiento que él no hace nada malo y aun así tuvo problemas desde la creación de los mismos Ángeles, y tuvo Guerra y el ángel más bello quiso ser Dios, cuanto más nosotros que somos humanos. Cuantas dudas ha tenido el ser humano de saber de dónde venimos, que si la teoría del mono que el científico ha creado y si fuera así;¿ quién hizo al mono? Se imaginan lo absurdo de esas creencias. Es faltar respeto a ser mayor. Entonces solo piensen ¿quién hizo la mente de los científicos? ¿Quien dio inteligencia a los médicos o cirujanos? Se ha tratado de hacer bebes en vitros o sea artificiales según ellos, mas no han podido pues aun así se necesita el semen y el espermatozoide de lo contrario no se hace un bebe. Entonces de donde viene esos dos factores tan importantes, no pueden hacerlos ni en vitro, ni en consolas ni en cristales ni en burbujas ni con agua y jabón ni siquiera con ningún pegamento en fin en nada; por la simple razón que solo Dios puede hacer un bebe dentro de la mujer y solo él sabe la receta.A muchos cientificos que me perdonen pero con todo el respeto hay que virar un poco el eje de la tierra para algo positivo aca no alla donde se gasta tanto y aca nos morimos de hambre, que pesadilla.

Es tiempo de verdades, verdades muchas veces duras pero tan reales como nuestra existencia. Aún más le recuerdo que con Adán y Eva tuvo problemas más en este mundo que están tantos queriendo ser dioses y otros que no creen en él y otros que son falsos profetas y si sigo no termino en esas áreas y no es mi intención hablar de religión alguna pues es algo que cada uno debe determinar a cual asistir o en cual congregarse de acuerdo a su Corazón, dictado y fe.

Es simplemente como me han hecho ver las cosas ahora a través de experiencias vividas que no entendía y cuando me decían no deseaba aceptar y el ángel me hizo entender tantas cosas que me negaba a comprender y me hicieron ser rebelde y peleonera con todo a mi alrededor. Más si bien es cierto que la muerte vino por el pecado de nuestros progenitores los cuales ya mencione. A ellos le debemos el morir y el Ángel le debe su trabajo a ese pecado. Por ello aclaro que según hay un Ángel que nos lleva a El que todo lo puede y espera por nosotros, existen otra delegación que pertenece al que se enfrentó a todo poderoso al verse hermoso y tener poderes similares que su propio Dios le dio, pero no iguales a Nuestro creador y se equivocó de tal manera que fue echado junto a los que le siguieron imaginen una tercera parte de los ángeles fueron tan tontos que le siguieron; cuanto más tontos somos nosotros los humanos que aun sabiendo seguimos dudando y el diablo sigue atrapando con sus mañas.

Este grupo con su cacique, viven al asecho y muchas veces tergiversan las cosas bonitas para que nos confundamos y esto ocasiona divisiones en todo. División de gobiernos y de Iglesias en los mismos seres humanos, por esto es que trata de llevarnos al otro lado; al lado obscuro donde no creo que nadie quiera ir. No me agrada hablar de ese lado, el infierno al que nadie le gustaría ir, un lugar sin principio ni fin lleno de un ardor insostenible, donde la morbosidad, la inmundicia y todo lo peor que podamos imaginarno esta. No es mi intención polémicas de la palabra que son sagradas para mí; simplemente la manera que he visto este ángel que he sentido a mi lado mucho pero mucho tiempo y junto a los demás que le acompañan me va dictando y al que tengo que decirle y le indico que necesito unos minutos y me voy a ver tv o a conversar con alguien y me sigue diciendo más y más y siento que voy a explotar pues tampoco soy ya dactilógrafa; asi se lo indico y hubo dias en que parecia una loca hablando con algo que no veia y le indicaba que necesitaba tiempo y me decia no te queda mucho lo has desperdiciado y si deseas tener mas tiempo te lo tienes que ganar, basta de hacer lo que te da la gana es tiempo de responder con tu cometido con el mandato que se te dio y lo hechaste a un lado.Le explico que es que se me olvido el español y como habia que escribirlo que lo fue hacen años y que se me ha olvidado donde va un acento o donde va una coma y peor no se ubicar un tema de otro, los años hacen daño y la mala vida también. Les digo más sabrá dios si alguna persona que sea un maestro de español y literatura me llame y me diga que por favor no vuelva a escribir o que me valla a tomar clases de literatura y todo lo que corresponde al arte de escribir, ante de.que siga matando una lengua tan bella.Más aun así le quiero decir que soy humana, simplemente humana. Para colmo ni con el formato que trae la computadora para corregir la gramática o en palabras simple corregir lo que uno escribe; no me ha funcionado, mi computadora llego de un viaje y me la enviaron muy mal empacada y la pobre no dio más. Pero aun así sigo escribiendo y no me da pena decirlo. La persona que me la envió no le dio ni tantito de pena; como decía un refrán, ni tantito de pena. Así que no conozco quien me ayude y menos puedo pagar para arreglar la ortografía; así que mi único mandato es escribir; No me dijeron que fuera una maestra en escritura y como dice otro refrán; donde manda Capitán no manda marinero, por lo que perdonen los que saben más que yo. Me he sentido que tengo una esponja en mi celebro y que ya tengo que exprimirlo para que no tenga tanto peso, vale.

Esta es una manera que en todo lo que escribo le hago narraciones o menciono episodios y tal vez memorias para que puedan entender que él, ha estado a mi lado desde que tengo uso de razón y así les presento a todos para que conozcan aunque no le tengan presente como yo, pero que sepan distinguirle, tampoco es que acepten sentirle pero ese es el que siento ese es el que me pellizca. Aclarado esto espero les agrade lo que comento y haya servido de algo hablarles de él y que vean la diferencia para que no sigan asustados o al menos no tanto en la hora de su visita. Pues si estas en paz contigo como yo conmigo no veras el del lado negro sino el que viene del Cielo, en la mayoría de las Iglesias te dicen que dios viene, otras que el día del final se acerca y otros que te arrepientas que pronto el mundo se acaba; como ha pasado con el almanaque maya y como yo recuerdo de niña iva una cesta a predicar cerca a donde viviamos y me era gracioso como se levantaban y yo inocente le veia a todo algo para reirme pues parecian mas espiritistas sacudiendose que personas alabando a dios y para colmo empezaro a cantar algo que eran himnos para ellos y en sus canciones pedían y cito "manda fuego señor, manda fuego" desde luego imaginense una niña de unos ocho años de edad oir personas pidiendo que callera fuego del cielo, me aterrorise tanto que salia corriendo a buscar a mi madre y preguntaba qué porque esa gente pedía que Dios mandara fuego. Mi madre sonreía y no me daba contestación. Le decía yo entonces; mami escondámonos pues nos quemaremos si cae fuego y solo volvía a sonreír. Imagínense que por pedir hubiera caído fuego, pues se dice que lo que pidas se te dará, ella se quedaba en un balconcito que teniamos mirando y oyendo aquellos himnos raros para mi pero yo, eh eh, no hubo manera me quedara como decian para ese entonces en otro refran;a correr crispin y esta niña se metia en lo ultimo debajo de la cama por si caia fuego, yo no deseaba quemarme.

Mi opinión reafirmada es que nadie sabe cuándo sucederá nada y me indica estas en lo cierto y si deseas saber la verdad busca en la escrituras, ahí claro se te dice que ni ángeles en el cielo ni siquiera el mismo hijo de dios hecho hombre sabe de la venida; únicamente el Todo poderoso que es Dios. Le contesto y porque me tienen que meter en estos ministeres no lo veo justo y me contesto;Yo solo deseo que entiendas que precisamente es la misión del ángel recoger los que le envían a proteger de tantas plagas que vendrán al mundo. Que precisamente es su responsabilidad velar que el alma de los seres humanos no caigan en las garras de

los ángeles caídos o yo añdiría más bien VOTADOS
DEL CIELO; y que digo se tienen que haber dado
bien duro al caer de tan alto, imagínense desde el
cielo a la tierra oops, mejor no me lo imagino pues de
pensarlo ya me duele.Me indico calla.

2 Pedro 2:11

Mientras que los ángeles, que son
mayores en fuerza y en potencia, no
pronuncian juicio de maldición contra ellas
en delante del Señor.

Cap 3

No todo el mundo le agrada hablar sobre la muerte, más considero es un tema interesante el cual debería de concernirnos o tratar al menos de verlo de otra manera. Se volvería útil si usáramos lo que significa para mejorar nuestro estilo de vida como pensamientos, visiones, planes futuros y hasta verla diferente, mi forma de ver la muerte tiene fundamento distinto, pues al sentir al ángel la define distinta pese a que sigue siendo muerte. Desde que me comunico puedo visualizar distintito ya que me ha dicho; "que no le agrada su trabajo, que tiene que hacerlo pues debe obedecer como nosotros al mayor de los mayores. Que si pudiera o le dieran permiso de llevar alguien allá de estar en sus manos trataría de decir no, pero no se le es permitido más a sabiendas me indica, que si viera lo triste que es para dios ver sus hijos morir sería más fácil entender. Que han existido casos donde muchas personas han hecho viajes y visto tragedias, todo en sueños y han viajado y han visto parte de muchas cosas por ocurrir y luego han regresado o despertado y cuentan o escriben de esas vivencias más aun así el mundo sigue incrédulo; nadie les cree piensan que son solo eso sueños y que lo están tomando muy en serio. Mas nuestro creador da muchas formas de advertencias y las ignoramos."

Por eso trato de que a través de mi notas tal vez tontas y sabra dios cuanta veces repito lo mismo, muchos no todos entiendan que todo en la vida es simultaneo es circular y que si adaptamos una formula en un lado la podemos aplicar a otro pero hay que hacer cambios. De esta manera es lo mismo que si todos obedecemos nuestros jefes en los trabajos no había nadie cesante, me indica. Eso ha hecho que tratara de hacer algo constructivo ante de llegar al final del camino. A vecés no salen las cosas como deseamos más aun así comprendí que esa era una de las historia de mi vida y ahora solo deseo dejar en papeles lo bueno y lo malo que aprendí en ese transcurso de vida con el ángel de la muerte, pues sé que él está ahí. Él no es como nos han enseñado que es un ser horrible, malo y solo nos asusta al igual que a los niños, diría en especial los niños pues les da terror oír esa palabra muerte. Sería bueno hablarles que Papa Dios que es nuestro creador tiene sus ángeles y cada uno tiene una tarea que cumplir y que en muchas ocasiones le asigna otros compañeros para que pueda realizar su tarea como lo hacen en las escuelas o en las Iglesias, como mejor usted considere. Que solo obedecen órdenes del que más nos quiere y nos protege y si ve injusticia o sufrimiento envía al ángel a buscarnos para que estemos junto a él y ser protegidos de todo. Por eso me decidí y me convencieron para escribir sobre el no para que estén de acuerdo con mi forma de pensar y haber tenido esta experiencia, si no para tratar de que no exista tanto miedo a lo que es tan natural en nuestra existencia, una diferencia donde no exista ese enorme pánico que da algunos, hay me voy a morir, oh hoy es ultimo dia que le queda, tenemos que ser fuertes para dar animo aun en contra del sentimiento de cariño y amor que sentimo por los que amamos. Para mi el angel de la muerte es simplemente un angel o arcangel que no desea ver nuestro espirito en el aire, que tiene que protegerlo para llevarle a donde esta nuestro Padre celestial, simplemente, el no es el que mata el recoge nuestro espiritu valga la redundancia y asi le veo y me ayuda el a comprender mejor.nosotros por no obedecer por usar drogas, alcohol por ir a sitios inadecuados y de igual manera por buscar compañias no adecuadas nos buscamos irnos antes de tiempo, mas luego decimos o culpamos a quien no tiene que ver nada, al contrario nos proteje y nos dirije y no le hacemos caso.

Nacer y morir es lo más cierto que tenemos y deberíamos verlo de otro punto de vista, a la vez que si se aplica a nuestros formatos de vida podríamos hacer un cambio muy grande, pues no somos eternos ni nos llevaremos nada cuando hagamos el viaje.cuantos no se matan trabaja y trabaja, desean virar los bancos y si bien usan ese esfuerzo y viven la vida, la disfrutan, ayudan al necesitado, educan sus hijos en las mejores escuela y son hombres y mujeres ejemplares; a la verdad nada hay que decir esta bien hecho. Mas estan los que guardan no disfrutan, no se comen un limbel, no ayudan asi vean a su vecino sin comida ni ropa, sea cual sea su razon de estar asi. Al contrario se oyen los comentarios si quiere que trabaja yo lo hice, no sabe el problema y ya jusga, muy mal, pero muy mal, de arriba lo miran y le observan y puedes estar seguro que no me gusta lo que me han dicho, pero lo digo, el que niega un plato de comida o un abrigo al necesitado doble sera lo que el señor le reclamara pues las riquezan no van al cielo.por esta y mas razones es mi intención que lean y formen sus propias conclusiones. El mundo es para todos y se nos concedió el libre albedrio, por ello somos diferentes y no tenemos los mismos gustos en colores, comidas y actividades. De ser así sería muy aburrido todo. Es un tema para edificar algo que todos consideran horrible y entiendan ideas y forma de yo ver el Ángel de la Muerte, el que yo conozco y se me ha presentado de una manera peculiar. Por esta razón no hay manera de evadirla así es mejor recibirla con atención he inteligencia para poder platicarle y contarle lo que nos pasa para que no nos lleve aun. Es como si te sientes enfermo, débil y crees es tu momento, levanta una oración al cielo a tu creador y dile que te dé más tiempo. Si envió al ángel por ti háblale a él y trata de convencerlo; suena tal vez ridículo más dios dio la concesión a ellos así que imagínate el resto. Se y he oido a muchos decir que cuando te toca te toca y tal vez sea asi, mas tengo mis dudas pues yo trate de que me llevaran cada vez que tuve fracasos y son muchos y hubo veces que los doctores le dijeron a mi esposo que no pasaba de un dia y mas estoy aqui escribiendo aun, tal vez no me tocaba por lo que tenia que hacer y no habia hecho, pero aun asi cuantas veces quise irme por mi cuenta y aun asi.Asi que no creo, para mi, mi dios es mi todo y si como padre te ha dicho pide y se te dara entre las peticiones esta el pedirle un poquito, solo un poquito mas de vida para que realizes lo que no has hecho y en tu interior sabes fallaste ante el. Pide y se consedera, toca y se te abrira, esta en la Palabra de dios.De que pudiéramos ver al Mayor cuanto más sucedería.

Sé que si alguno la viera el angel de la muerte de no tener fe y no saber distinguir cual es estoy segura si solo piensa la tiene cerca se sacudirán la oreja, otros se esconderían debajo de la cama, otros cambiarían de religión como si así se pudieran esconder y se convierten a otra nueva cesta religiosa y así sucesivamente. Oops ahi esta otro caso y largo. El ángel de la Muerte que conozco no es el que tal vez muchos ven, y si te indico sobre el donde te metas te encuentra pues tiene que ser ligero, no nos podemos disfrazar con pelucas o cambiarnos de nombre como dicen en chistes o se ve en películas jocosas. Esto me dice: "Indica ha visto casos donde personas sanas y con una vida moderada para vivir se alejan de seres queridos y se dedican a buscar riquezas y todo lo que sale de sus bocas es te espero en las playas del dinero, te veré en la convención de los millonarios y me dice que le daba coraje que no escuchaba la palabra si Dios lo permite o cuento primero con mi padre celestial y que le daba tanto coraje que en esos momento le gustaría que pasaran por un susto para que clamaran a Dios y vieran que no es lindo lo que hacen y su tiempo se puede acortar. Indica que peor aun cuando aquello que no creen nada más que en el dinero dicen que están ahí con permiso de Dios, Cuidado es todo lo que indica el ángel."

Pero que como él tiene una potestad y un mandato ya directo debe obedecer y son pocos los casos que podrá intervenir. Más seguía observando y ve que esas personas siguen aferradas al dinero y no porque tenerlo sea malo sino de la forma que lo desean. Se nota la injuria y la codicia que son pecados ante Dios. Mas según me conto decide alejarse pues no puede hacer nada y que de repente

en su recorrido para ver si alguien ha cambiado mira
y ve muchas de esas personas enfermas, padeciendo
de enfermedades graves, no un dolor de espalda o
una artritis o golpes por caídas; enfermedades que de
una manera u otra terminan con los seres humanos
y que no hay cura en la tierra porque solamente el
Todopoderoso puede y tiene el poder de curar.

Me indica que son pruebas para ver si esas
personas desisten de ese amor obsesionado por lo
material, en especial por el dinero. Me indica que ve
como buscan de una sesta religiosa para conseguir
sanación. Más me indica que en sus corazones aún
sigue el amor al dinero. Que tratara de hablar con
alguna de esas personas y vería que lo que me decía
era cierto. Le pregunte como; me dice que por ej.,
dentro de la mismas cestas solo hacen Amistad con
personas pudientes y todo el que saben que es de
la clase media al pobre no lo tienen ni lo consideran
como posible Amistad, que esa era una forma.

Me sigue hablando y me dice la otra; observa
cuando te dan consejos lo primero que sale de
sus labio es si fuese de buscar novios o esposo te
indican así; fíjate que tenga dinero y mucho. Así
sucesivamente te miran de una forma despreciándote
si no estás vistiendo a su nivel, a la moda y ropa o
accesorios de marca. Son sarcásticos y tratan de
humillarte frente a otros. Nunca pierden y pones
caritas de yo no fui. A todo le pregunto pero esas
personas pueden arrepentirse y más si saben que
están enfermos y me contesta; si lo pueden hacer
pero mira el escenario, ya eran orgullosos pues se
consideraban que lo tenían todo, ya buscaban para
ser más ricos o pudientes.

Les cae una enfermedad y no ven lo que le están
diciendo o no quieren ver y creen pueden engañar

a nuestro creador, tanto que como tienen su dinero piensan pueden pagar lo necesario para curarse y su actitud sigue igual.Aun así cambian superficialmente pues en su Corazón sigue el orgullo y deseo de más y más dinero.Al momento de actividades o reuniones mira a quienes invitan primero, quienes son los que agasajan en la mejor de lo mejor, si llega alguien humilde se apartan y oyes los comentarios como; las cosas estan mal, no hay dinero, solo me quedan deudas, estoy pagando los ultimos viajes, la economia esta muy mal y asi sucesivamente y solo lo hacen cuando hay o llega alguien de un niven pobre. Pues cuando es lo contrario, todos quieren pagar, o no vamos a casa o tal restaurante yo invito, no te preocupes todo esta cubierto y lo mejor de lo mejores para esas personas. Me dan pena pues el hijo de Dios pudo haber nacido en un castillo, con sirviente y todo en oro, mas escogio nacer en un pesebre, rodeado de animales, y camino en sandalias y escogio como padre terrenal un carpintero.Pobre de esos que aun asi van al templo y te dicen sobre la palabra como algo tan comun para ellos. Son sepulcros blanqueados, tumbas frias que de no ver la verdad no podran entrar al cielo. Ahí es donde me alertan para que este al pendiente y que de esas personas no cambiar como debe de ser fielmente hacia dios se les dé un término y si no lo cumplen y no se ve el cambio se toma la decisión. Se analizan a los que trataron y no pudieron, a los que solo fingieron y por dentro estaban podridos y no de la enfermedad y los que hicieron un cambio total en sus vidas. Más he visto quienes cambian a tal extremo que el milagro se ve.

Muchas veces me indica, cuando hacen el cambio y el arrepentimiento la enfermedad les ha consumido y la fe que tenían no era lo firme pues estaban indesisos aun para que hubiese un milagro.pues de haber sido solida dice la palabra como un grano de mostaza se te concedera lo que pidas a tu padre.

Es de ahí que me llaman o me dan la orden y les recojo para que no sufran más y a los que no van a ir con migo o mi grupo les recogen los caídos por eso que te digo que no es buscar únicamente en una iglesia o templo cuando te enfermes, es dar tu Corazón completamente a tu Dios y no acodarte de nada más que los domingos o alguna actividad de barrio. Me indica recuerda esto que te digo que no es como se predica en muchos lugares que solo ahí te salvaras, hay muchas personas que observo desde acá que no van una iglesia hecha en cemento a cultos en una cancha, o Iglesias hechas por hombre; pero sus corazones son limpios, sus pensamientos sanos y no existe maldad en esos seres humanos. Me indica, cuantos no predican y no faltan a la iglesia o congregación más hablan que los seres humanos que aman las cosas de este mundo se condenaran; pregúntales que de donde son ellos y en que planeta viven; no son de este mundo, no usan todo lo de este mundo dado por dios o son ellos ultraterrestres y sus casa son hechas por seres no humanos y sus ropas y comida no son de este mundo. Mundo creado por Dios y para el uso de todos sus hijos que a la vez son hermanos como lo fueron cuando llego el hijo de Dios al mundo. Desde apóstoles, israelitas y prostitutas para Jesús no había diferencia todos eran hijos de Dios, hermanos en fe y que conste que habían igual que hoy diferentes culturas y una fe bastante diferente. Más aun así eran de este mundo. Diles que basta de decir que no busquen las cosas de este mundo que aprendan a dar mensajes; que mejor les digan que sepan usar las cosas de este mundo pues Dios las creo para uso y necesidades de todos, hasta el dinero bien usado pues el es el dueño pero se olvidan, el no desea ver personas necesitadas, el no desea ver personas enfermas y careciendo; el desea lo mejor para sus hijos y ver la prosperidad: lo que no desea ver el egoismo, la maldad al usar el dinero equivocadamente, el que vean necesidades y no ayudan pues ellos trabajaron no para regalar el dinero, bien pero tienen que saber a donde y a quien ayudar. El demonio disfrasa y no es lo mismo dar a un drogadicto dinero pues saben que lo usaran en drogas que a estas personas necesitan otra clase de ayuda profesional no es que les abandonen, den dinero a quien tiene ambre o darle de comer o vestir a quien lo necesita. El solo desea ver la bondad y caridad en lo que el creo.para eso creo la prosperidad pero no para que acumulen riquezas cuando hay tanta necesidad, si ya saben que al cielo se van sin nada, disfruten aqui pero sin perder el juicio de la humildad y consideracion y piedad por los que caresen.Si aprendemos a usar las cosas del mundo viviriamos todos felices. De dejar de usar las cosas del mundo imagínense el caos que ocasionaría; pues no se podria dar los diezmos pues es dinero de este mundo o las ofrendas que son igualmente dinero de este mundo; valga la cacofonía.

Continua, cuantos ancianos que viven solos y no tienen quien les lleve a donde se habla de la palabra. Cuantos enfermos se hallan en casa o en hospitales no tienen la oportunidad de ir. Entonces te pregunto a ti; ¿piensas tu Dios los condenara por no poder asistir a un templo hecho por hombres? ¿Piensas se condenaran los que están inválidos y no cuentan con forma de asistir a buscar de la palabra de dios?

Le conteste; es mi opinión que no, que mi señor no les condenara pues su amor es incondicional. Le digo de igual manera lo siguiente, mi padre fue un hombre humilde y no recuerdo haberle visto en un templo. Más me hablaba del bien y del mal. No hablaba del prójimo y no buscaba o ponía faltas en nadie. Muchas veces hacia comentarios jocosos de los muchachos como para que yo no me enamorara más ahí quedaba. De yo pensar diferente entonces tuviera dudas de donde está. Más no tengo ninguna y sé que está al lado del creador. De igual pasaría con muchos ancianos que conozco y personas que están en hospitales y hasta mi madre que vive y está muy ancianita. Ella tiene una fe firme y se ha dedicado su vida a dar la mano al necesitado y no siempre ha recibido un ramo de flores a cambio. Nunca ha esperado nada cuando ha dado la mano y dios la ha recompensado con años de vida para que la tengamos ahí.

Me dice, pues bien es tu conocimiento y bien te han formado pues mi padre acá en el cielo ve por todos sus hijos igual. Para el no hay divisiones si no misiones, sigue diciendo; más llegara el día que todos se una sean evangélicos, budistas, musulmanes, católicos y cualquier cesta en la tierra. Ahora solo están en un proceso para encontrarse ellos mismos y su momento llegara, puedes contar con ello.

En cuantos templos predican falsos testimonios de sanidad y la gran mayoría les cree y esos templos se llenan y más y más se enriquecen los que dicen hacen bien. Pregúntales ¿que porque si Dios les ha concedido el don de sanidad no se van a hospitales donde hay niños enfermos, inválidos y con cáncer y les curan; cuantas personas de igual manera hay postradas en cama y muchas veces no tienen ni quien les visite o les lleve una piyama, cualquier necesidad en esa cama postrados ¿Pregunta ¿porque tanto templo pidiendo cuando hay tanta necesidad de hospitales y comida para la humanidad¿ Tal vez te contesten eso le toca al Gobierno mas quien compone el gobierno; no son personas, seres humanos así que esto le cae a todos. En Paises como Peru, Paraguay, Mexico, Ecuador, Africa y hasta en Puerto Rico da pena la miseria en que viven en esta epoca tantas familias, tantos niños que padecen principalmente porque hay para beber, para drogas pero no para ayudar a tantos y tantos miles y miles en necesidad. Pregunta o diles a ver que te contestan y veras ahí la verdad de la verdad. El ser humano esta hambriento de amor de caridad y se ciega al buscar en sitios o lugares que no son reales. Cuantos abusos xesuales hay en distintas cestas, cristianas, musulmanas, catolica y mas y an asi seguimos buscando donde nos den la palabra pues tenemos ambre. Ahi entran los perverson y se disfrasan para llevar testimonios y atraer publico mas ese es un peligro pues cuantos de ellos son predatores y molestadores de niños. Hay que despertar pero para la verdad, la justicia, la realidad cruel que vivimos.

Hay que saber a qué templo vamos y si hay muchos y buenos donde el amor de Dios nos entra y sale por nuestros poros, más basta ya de hipócritas, falsos fariseos sepulcros blanqueados que siguen usando al ser humano como si fueran tontos para no ofender. Todo es propagandas de humanos y a la larga para recoger dinero de los demás. No puedes ser ciega tienes que ver únicamente la verdad de Dios y nada más. La humildad de su hijo que dio su vida por todos los humanos, me indica.

Le conteste; por lo que me pregunto a comienzo que es mi opinión que no, que mi señor no les condenara pues su amor es incondicional. Me dice, pues bien es tu conocimiento y bien te han formado pues mi padre acá en el cielo ve por todos sus hijos igual. Para el no hay divisiones si no misiones sigue diciendo, más llegara el día que todos se una sean evangélicos, budistas, musulmanes, católicos y cualquier cesta en la tierra, Ahora solo están en un proceso para encontrarse ellos mismos y su momento llegara, puedes contar con ello y ya se los mensione anteriormente. Me dice, pues bien es tu conocimiento y bien te han formado pues mi padre acá en el cielo ve por todos sus hijos igual. Mas es bueno que les acuerdes que la oración es muy importante es la medicina para el dolor el remedio para la tristeza y la cura para casos graves. Es más di y hazle entender que a través de la oración el cielo se regocija y los querubines cantan más al creador y las estrellas brillaran más pues la oración es el medio de comunicación con el creador es la forma de escribirle cartas como hacen los humanos cuando desean algo, escriben; así que sigan escribiendo para que se llenen los cielos de cartas humanas en oración.

Recuerda que los dedos de las manos no son iguales y de igual manera nadie en la tierra es igual a nadie ni los que nacen del vientre de la madre juntos. Hay algo que los distingue del otro. Por eso cuando el padre da orden o desea reprehender tiene una manera muy especial. Puedes estar segura de lo que te digo esas personas vendrán al lado del maestro y Rey de Reyes. Por eso es que el ángel los toca para advertirles que una enfermedad o accidente temporero va a llegar a sus vidas y me asombro de ver como no salen de la iglesia y todo lo que hablan o escriben va con palabras dirigidas a Dios preguntando¿ por qué a él? Que habiendo tantas personas malas le pasa a él y se dan en el pecho, como diciendo yo no me lo merecía. Más bien te digo, nadie es perfecto ni debe juzgar lo que hace el Padre celestial. Más aun así El que creo cielo y tierra entiende y hace a un lado esas preguntas. Deberían de entender no es de Dios dar enfermedades ni accidentes mas no porque no pueda; recuérdales que según nos creo puede eliminarnos y si puede enviar plagas, pues es señor de señores. Pero no es de su agrado enviar catástrofes a cada rato, deben de entender que es un Dios de ira y según no le agrada hacer nada de las cosas mencionadas; no le agrada le ofendan y desobedezcan como nuestros padres nos reganan y castigan el más que nadie tiene esa potestad y te aseguro me indica, no es bueno verle enojado su Trueno sería tan grande que podrías quedarte sorda y en menos de lo que abres los ojos puede todo desaparecer.

Mas Él les ama tanto y tanto que los mismos Ángeles tienen celos del ser humano. Son tantos los privilegios que se les han dado que aun así se quejan en vez de crear y ver su divinidad. Algunos dicen es el demonio de las tinieblas el que es causante de la muerte, lo cual si miramos es cierto hasta cierto punto, pero si miras bien y analizas es el hombre su propio destructor pues se deja vencer de con las cosas que él pone para causar la discordia entre los seres humanos, el crea la envidia, las drogas, la prostitución, la insidia, las peleas, los malos entendidos. El enreda todo lo bonito que dios ha hecho trata de disturbarlo. Más la maravilla es que precisamente por causar muertes con tanta maldad es que te digo le indiques que están a tiempo que no deseamos seguir recogiendo más seres humanos que deseamos se acabe la maldad y vuelva la tranquilidad, que es mucho el trabajo y no nos agrada esa es la verdad. Me indica que todo lo que es tragedia y malo viene del demonio y que en el cielo los demás ángeles lloran al ver como la humanidad tiene tantas muertes y tantas desgracias y muchos le reclaman a dios. Que de dios querer terminar la humanidad solo en un suspiro sucedería, mas es su deseo ver los humanos vivir larga vida hasta que llegue el momento de su llegada, pero deben recordar por donde comenzó todo quienes pecaron y su decisión ante esa desobediencia.

Más aún seguimos buscando la maldad en vez del bien. El mundo en una perdición tan grande que no le dan muchas alternativas. Ahí precisamente los caídos han hecho lo que les gusta y nosotros aunque no nos guste tenemos que estar en vela para hacer nuestro trabajo y responder a nuestro Dios. Recuerda que todo lo malo tiene su principio y su final, todo está en las escrituras. También que todo prometido sucederá y cada palabra se cumplirá. Porque tanto miedo a la muerte cuando es el hombre quien la produce. En vez de buscar progreso para cosas hermosas solo desea hacer más y más armas, guerras y son ustedes los que se matan pues no oyen lo bueno oyen lo malo, termina diciendo, quieren ver lo que está en el universo y no ven el hambre de los seres humanos en la tierra; no ven las necesidades en hospitales y tantas personas en las calles y sin viviendas. No hay recursos para atender esas necesidades pero hay recursos para salir del globo terrestre a ver lo que nuestro creador hizo; porque no mejor edifican más la tierra donde viven y la han violado al extremo que la capa de ozono que cubre nuestro planeta para protegernos del sol ya está agrietada y no lo ven están ciegos en buscar glorias humanas y son la causa de la perdición de la tierra.

El ángel que me indico escribiera me dice que ha sido El que me daba pellizcos por usar una palabra suave en momento que me veía en peligro. Que de esa manera trataba de decirme que estaba mal. Pregunte entonces ¿eres el ángel de la guarda, no de la muerte? y me indica que no, que su trabajo es el de proteger el alma de los humanos a la hora de su momento y llevarles. El de la guarda vela tus pasos te guía, más los seres humanos son tercos y nunca hacen caso y hacen lo que les da la gana;pero aun asi se ayudan unos a otros como lo hacen algunos humanos y me reclama como tú que te olvidaste del principio divino con el que naciste y sucumbiste ante el pecado y por ello viviste una vida de dolor, no hiciste caso a lo que veías y lo que te indicábamos y trataste de echarnos a un lado; más me indica que dentro del grupo que veía de niña están todos que había de diferentes jerarquías y que al meterse la maldad en mi ellos se separaron aunque velaban aun así por mí. Entre ellos estaba yo que soy el que te llevara al cielo a la hora de tu partida, no tu cuerpo más bien tu alma, pues pese a todo lo que has vivido en ti existe el amor a Dios y tu semejante; me eche a llorar y como ya me había informado que no cuestionara suspendí de escribir, no por un día o por semanas si no por meses. Soy un ser humano pecador que si ama a dios por encima de todo mas no entendía porque me decía eso, aun todavía busco el porqué. Luego de volver a escribir me indica, no sigas con dudas si te estoy hablando es por algo no, de estar perdida no estaria yo aqui, aun tienes que terminar y me dice: se que deseas sabe sobre mis alas, de él porque eran diferentes, me dice que son muchas para poder tener la fuerza de sostencion y volar más rápido que la velocidad máximas que ustedes puedan conocer y cuento con mi escudo y espada es la proteccion para que de ver peligro nos protejamos del maligno. El maligno de igual manera está pendiente para arrebatar lo más que pueda en almas. Pero mi padre bien te perdonara hasta en el último suspiro al yacer en tu lecho, solo escribe por cuanto es lo que se te indico y no cumpliste. Ahí es donde del otro lado trataran de quitarte ese suspiro que puede ser tu salvación.has hecho muchas cosas indevidas y viste lo que es el mundo obscuro, has atendado contra tu vida que no es de dios y aun mas pese a que en tu interior siempre has clamado a dios no tenias fuerzas para apartarte de lo que no estabas haciendo bien y aun asi estoy aqui para decirte, no estas sola, nunca lo has estado y no lo estaras, tienes todavia tareas que terminar, cuenta que se te ha dado un extencion y ni yo puedo decirte cuando sera por ello escribe.

En ese momento crucial donde llega el arrepentimiento El que todo lo creo sabe si el arrepentimiento es de Corazón o no y para eso estoy al lado preparado, no puedo permitir que se acerquen los caídos, se forma una batalla cuando mandan a buscar el alma de un moribundo y yo tengo que estar a su a lado. Es mi deber evitar que suceda que se adelanten y se lleven esa alma a donde no debe de ir; más aún ahí depende de ustedes pues si no se han arrepentido de corazón yo no puedo llevarles conmigo.No son guerras faciles pues recuerda que mientras mas almas se lleve el que llamas cacique pero que fue una vez Luz Bella, hay momentos que tenemos que pedir refuerzos pues uno no puede. Porque le pregunto, pues si en ese momento no llega ese arrepentimiento especial es como quitarme la espada y el escudo, hasta en ese momento depende de ustedes.a diferencia de cuando me toca recoger un pequeño; ahí nos toca pelear pues de ya son ángeles del señor y envían a guerreros a buscarles de los caídos y no les permitimos que ganen. Ese es mi trabajo y para ello estoy preparado; bienvenidos sean los pequeños a mi reino, me dicen en orden para no permitir que nadie los lleve donde no les toca ir. Su lugar está asegurado y te digo esto, no perderé una batalla por un niño en esta tierra. Así igual cada persona que esté en situación similar que su arrepentimiento sea sincero.

Soy el que con mi espada al igual que los arcángeles lucharon por el cielo, nosotros luchamos contra el maligno y sus desertores para protegerte de que no se lleve tu alma. Con la espada y el escudo que mi Dios me ha dado luchare hasta no permitir te lleven a ti o a ninguno que subirá al cielo. Es mi trabajo protegerte y velar que a tu momento yo esté ahí para subirte junto a todos los que han obedecido la ley de Dios, los que predican correctamente, los que dan sin esperar, los que hacen obras y no desean ser nominados a un premio, esos y mas; más recuerda que el enemigo estará al asecho pues lleva mucho detrás de tu alma y como has salido fuerte y pese a que caes te levantas a él no le agrada, ni a muchos a tu alrededor.

Recuerda ligeramente cuando escribiste un pequeño boceto sobre tu familia, ya tenías poesías, canciones y hasta pequeños dramas que usaste en diferentes lugares; mas ese pequeña escritura se la enseñaste a una amiga de tu una sobrina tuya y te acuerdas sus palabras; eso no sirve le falta color no tiene expresión ni sentido de nada. Luego te arremato diciendo tú no puedes escribir no tienes materia de escritora y menos nada de que escribir que tenga sentimientos. Saliste triste y llorando y si hablas en tus vivencias sobre esa persona que tal diría ella. El escribir no es para que agrade a todos es como la vida misma que tiene un elixir muy especial. Solo tienes que buscar y lo encuentras. Volviendo a lo del pecado mancha el alma pero la sinceridad con Dios todo lo perdona pues no mira tus pecados y si ve la sinceridad en tu alma; no cambies ese formato y estaremos contigo hasta tu momento final. Mis Fuertes alas junto a mi espada y escudo son suficientemente ponderosas y de ver peligro contra los caídos puedo clamar por más al cielo para que no logren llevarte. Es nuestra tarea de protección hasta que terminamos recogiendo a los que les toca subir, por ello tenemos que estar muy atentos a este mundo. Los humanos hacen tantas cosas extrañas y muchos se consideran dioses. Mas ni en ese momento entiende con tanta sabiduría que solo el rey les dio el entendimiento y los desperdician en cosas paganas. No ven el amor tan grande que se les tiene cuando aún siguen vivos y no le envían un diluvio como en el pasado o envían fuego como las canciones para eliminar todo. Lo que llegara será distinto más ni nosotros, ángeles del cielo, sabemos lo que será.

El de las tinieblas no da pejizcos, todo lo contrario, te ofrece la vida buena, ser rico, por ejemplo y tener todo lo que deseas sin que trabajes mucho, te pone en tu cabecita dinero, fama y todas las comodidades, con tal de conseguir tu alma. De negártele te tira con todas y todas, ahí de tener tu fe firme y no dudar de quien es el que es, nada te pasara. Mas recuerda de quien es el oro y la plata; mas no la codicia, la envidia, el egoísmo de que todo es de ellos. Por ello no confundas pues hay quienes tienen y su Corazón es limpio más hay más dañados que puros. El pobre se concentra tanto en buscar para comer, vestir y un techo que no tiene tiempo para maldad, con excepción de los que ya tienen la maldad dentro y están entregados al demonio. Pero el pudiente le sobra para materializar su vida en cosas paganas, como lujos y son muy pocos los que miran al lado un dolor que conste como hemos hablado hay excepciones.

Por ejemplo tu fe debe de ser como un árbol robusto en una tormenta. Como el roble entre uno de ellos, le dan fuertes vientos, lluvias y relámpagos más lo doblan y no pueden arrancarlo pues sus raíces son tan firmes tan profundas que no pueden con él. Luego pasada la tempestad le quedaron cicatrices más con el cariño del ser humano, cuidados y tratamientos se endereza y vuelve a tener bello follaje, algunos quedan medios doblados pero su belleza se torna más hermosa y su historia su legado es más grande aun. El amor del maestro es más bien como el del sándalo que perfuma todo cuando es cortado. Mas aclaro que no es que tener dinero sea malo, no, recuerda que nuestro creador el rey de reyes es dueño del oro y la plata como ya mencione. Es saber cómo tener dinero y de donde viene.

Hay dinero que es hasta lavado y lleva sangre de mucho, ese dinero es malo. Dinero que tengas en posesión guardado de algún pariente y te apoderes de él. Dinero que dejaron tus padres para que repartieras en alguna herencia y lo atesoras como tuyo; diciendo que fueron tus padres quien lo trabajaron, aun así no es tuyo. No te vanaglories en él, por qué lo dejaron para que fuese repartido. No hagas más riquezas sobre el dinero que te han dado a guardar para que entregues en mayoría de edad y lo usas para llenarte más y lo peor te das de buen samaritano con lo que no es tuyo, esto te será reclamado en el momento que te toque y pobre de ti. Pues aquel que se apropió de lo que no le pertenece más le dolerá su partida y grande será su dolor. Pero más aun no vera el reino de dios, por más que ore y por más que pregone el nombre de dios, de no repartir lo que se apropió impropiamente y su arrepentimiento sea como ya mencionamos de corazón. Al llegarle el momento te dirán estas palabras; quién eres? No te conozco.

Cómo pudiste predicar y hablar de la palabra y decir que tu fe era enorme cuando vivías con algo que no te pertenecía y cuando te tocaron la puerta pidiendo ayuda, les echaste abajo y no se te movió el Corazón a sabiendas que tu tenías algo que le pertenecía, que pudiste haber ayudado y abrir la puerta y dar albergue, comida y más a ese heredero. Mas luego te vas a un templo a dar diezmos y compartir la palabra como si fueras buen samaritano. Cuando disfrutas lo que no es tuyo y permites que a los que le toca parte de, carezcan y hasta medicamentos tal vez necesiten. Como dice la palabra que primero entrara una jirafa al cielo que un rico, más hay que saber entender el mensaje y no confundiros con la verdad. La fe sin acción no trabaja no lo olviden, está en la biblia.

Más si te preparaste y lograste tu meta y trabajas; es lo normal que tengas dinero, más aclaro hay quienes son personas humildes y al tener dinero cambian de momento. Ya no ven al vecino igual que antes, la familia que no esté en su nivel ya no es visitada o buscada como antes. Mas puedo decirte más y más pero no es este libro para hablar de la sagrada escritura, si no para dar un mensaje sobre la diferencia de muerte o mensajeros de ella, aunque concuerde con las escrituras. Más me indica que es lo correcto mencionar sobre ella pues ahí existe la verdad. Añado que personalmente conozco personas pudientes que predican la palabra y su Corazón no está corrupto por posición en templos o social. Recuerden todo es una balanza y más que con lo de Dios no se juega pues según te da te quitara si ves que usas mal la abundancia que te ha brindado en prucba de amor a ti para que ayudes al necesitado y sigas pregonando su amor incondicional.

Algunos buscan ser ricos y están en compañías donde todo se multiplica rápidamente según ellos, su tiempo se les va en eso buscar dinero, tener más y más y quien no le gusta eso dice un refran bobo, mas busca de Dios es todo lo que me dice que te informe, dale gracias al señor de señore que te da la salud y esa vitalidad para que lo logres, recuerda lo que dije anteriormente el es dueño y señor, si te apartas puedes quedar sin nada o puedes irte al infierno es tu decision. Se les concede lograr las metas y al llegar a ellas no se tranquilizan y siguen y siguen pues tienen que virar los cofres. Más me da tristeza me indica que no son agradecidos, no me gusta es el cambio de esas personas. Se olvidan de familias y solo escogen amistades que estén en esos negocios o que sean pudientes. No hablo de todos, necesito que entiendas que no todo el mundo es igual. Por eso estoy explicándote que sepas dirigir tus pasos, me indica.

Tú tienes amistades de todos los niveles te has visto entre todos ellos y que has visto; me sigue diciendo, no vez cambio en ellos y cuando estuviste en nivel regular no cambiaste eras la misma persona. En cambios existen conocidos y familias que tienen un par de dólares en un banco y ya se creen que son mejores que nadie. Digo yo, como un refrán muy conocido: al que dios se lo da San Pedro se lo bendiga. Mas deseo indiques a otros lo que has vivido y añadas lo que te digo sobre mí, porque vengo a llevármelos y que no me agrada la forma que me describen. La forma que piensan que soy. Una cosa es hacer algo para divertir y ni aun así me agrada como me describen. No soy tan horrible, soy un ángel que hace su tarea como ustedes hacen la suya, sé que no puedes dibujarme más sabes como soy y deseo expliques en tus palabras. Más adelante o al final es tu decisión.

Existen hoy en día hay muchos medios para comunicarse uno con otro a través de computadoras y equipos modernos; me indica y cada quien tiene su espacio más aun es de importancia ya que existe información para todo. Ahí los estudiantes pueden aprender más y mantenerse informados. Otros pueden estudiar atreves del sistema y así sucesivamente, más hay de igual manera quienes usan los servicios con intenciones no dignas y ahí estriba un peligro de no estar las leyes al tanto del mismo. Pues se dice que hay quienes sabes romper seguridades y más. De aca miramos todo y de igual que sabemos que hay incorruptos predicanto y abusando de ese poder que mas te puedo decir para que les indiques que estan siendo todos monitorisados y mas que eso.

Pero no es ese mi tema me interesa más que indiques que sería más bonito tener la comodidad de esos equipos modernos y llevar mensajes positivos, más considero que por lo que se está viviendo no se debe escribir nada personal, menos ofender a los que son de tu sangre tratando de separar grupos en la familia que llevan su sangre en vez de comunicarse para saludos y saber del bienestar de los demás. Continúa y me indica como lo que tú has vivido y sigues amando los que hablan mal de ti y tú círculo familiar o se acomodan a los sistemas y nunca han hecho nada malo. Menos aún sigues esperando todo se arregle y veo que pese a que te han faltado sigues ahí esperando se acuerden del amor que les has brindado y el dolor ocasionado que siguen sin ver quede en el olvido. Esto es simplemente un ejemplo más de vivencias.

Como digo al principio es un libre albedrio que le han dado a todos. Más he visto muchas personas llorando al estar en esos aparatos por situaciones y comentarios fuera de lugar. Muchos sin embargo se dedican a comunicarse a través de tremendas fotos de mensajes de Dios, dan consejos que a la verdad te tocan, a cualquiera que tenga buenos sentimientos. Mas pregunto de nuevo esa o esas personas,¿ en realidad tienen un corazón tan noble que si ven una necesidad acuden en la ayuda? O es pura propaganda personal, como el que vende que tiene que decir lo mejor de lo mejor de sus productos.

Esto indicado han sido simplemente pequeñas experiencias que a lo largo del camino se utilizan para diferencial bien y mal que a su vez lleva luego a la muerte y no es bueno que la familia este desunida y llegara una tragedia para entonces decir lo siento o perdona por haberte causado dolor. De no haber vivencias no podríamos seguir hablando de la muerte y por qué llega, un pequeño ejemplo cuando herimos u ofendemos luego venimos y decimos disculpa; más si toma un plato y se tira al suelo cuando nos da coraje, luego pedimos disculpas más que sucede, ese plato nunca se podrá arreglar y si lo pegaran aun así quedara con buenas marcas que en humano se llaman cicatrices. Moraleja mejor no ofendan y es más bonito, las heridas se curan pero tardan en cicatrizar y no hay pega ni cirugía que las arregle.

De esta manera deseo exponer sobre otro tipo de personas que se dedican a la predicación de la palabra de Dios, hay un sin número de pastores, sacerdotes que luchan contra el mal y a la verdad dan ejemplos verdaderamente fabulosos y hay quienes son todo lo contrario pues se dedican a usar la palabra para señalar al prójimo en vez de ayudarle pues piensan son santos y virtuosos sin macha alguna. Como les mencione anteriormente que le piden al público que no sigan en el mundo, sé que muchos desean indicar el pecado pero el que no conoce se puede enredar, sean más sencillos.

Más le indico que no todos son o tienen malos sentimientos pues he oído de uno que es pastor y tiene un rebano enorme, al cual admiro y respeto, Pastor del que menciono su nombre con mucho respeto el Pastor Marcos Witt; el cual da y no vende da y da mucho y con gusto y sin que le pidan, ve donde está la necesidad a él le respeto no porque de si no porque lo que predica es hermoso y de verdad lo que da en cada mensaje es en grande al predicar y cantar al señor es como si su mensaje aumentara su congregación la cual es enorme y pese a que no soy de esa cesta, inspira con sus obras. Dan deseos de conocerle para recibir su bendición y los que predican ahí el santo nombre de Jesús ya la verdad sueño algún día ir allá.

Me da gracia pues mientras escribo y por momentos sigo solo escribiendo lo que me viene a la mente ciento un leve susurros que me dice vamos al mensaje de lo que tienes que seguir escribiendo, lo cual me hace sonreír pues si me dejara seguiría dando notas de diferentes pastores y ministros que he oído predicar y de muchos que luego de cometer faltas enormes se escudan detrás de un ministerio más me rescatan para seguir lo que debo y no lo que quiero. Recuerda que hay familias donde no existe amor a dios y están en un gran peligro. Así que mejor veamos de otra manera las cosas y tal vez aprendamos a tener una larga vida, aunque no nos guste ese día llega por que no somos eternos. Donde está la verdad o como averiguar cuando nos toca, no tendría la contestación aun, más mientras escribo y llevo mucho buscando y pidiendo a Dios me dé más conocimiento al respecto, aun no tengo suficientes contestaciones más si tengo lo que he vivido y es lo que les escribo en este pequeño libro. Me indica, eso y lo que te valla indicando será suficiente para cubrir este pequeño informe en tu libro o mini libro, pues si te dejo haces un diccionario de grueso(me indica) y no me queda otra que reir y tomar un reseso pues siento un leve soplo de aire y como si un niño estuviera barbuseando por primera vez y cierro mis ojos y es una sensacion tan hermosa la que siento que se que no estoy sola.

Lo correcto sería recopilar entrevistas, opiniones de diferentes personas y así podríamos comparar opiniones. Mas como les dije al principio lo que estoy comunicándoles es simplemente basada en una vivencia personal de niña, pues lo que pase y me hablaban no se ha ido nunca de mi mente, hasta el momento en que estoy escribiendo. Todo lo que he recopilado en páginas la gran mayoría las perdí como indique anterior en accidentes de fuego y mudanzas; tuve una vez en un año mas de 7 mudanzas, mis pobres hijos decian que naci para soldado. En una de esas mudanzas casi pierdo mi vida en un fuego, me quede dormida para un dia de accion de gracias y lo mas extraño sucedio; yo acostumbraba a ponerle velas el dia de Accion de Gracias y ya terminada de hacer la comida me acoste a tomar una siesta en lo que era hora de servir. Me quede profundamente dormida, abri la ventana para economisar energia. Vivia en un segundo piso y de momento siento ambulancias y voces, me sacaron de la cama totalmente dormida y no saben como no me queme. La cama se habia ensendido por las cuatro esquinas y yo estaba en el centro segun me indico mi esposo. El cuarto se insendio y a mi no me sucedio nada, me llevaron al hospital para ver que no tenia humo en los pulmones y no encontraron nada. Mi esposo no creyente para ese entonces me dijo te ha salvado algo especial, es un milagro estes viva.Nunca le puse atencion pues como les dije era terca; ni por curiosida pense eran angeles que me protegian. Aun no me dio por escribir, escribia de todo menos lo que me decian lo tome a broma o decia habeses, es mi imaginacion, tengo que olvidar eso.Si bien luego comense con la idea de escribir en serio un libro con vivencias o historias para niños no pude por lo que ya les expuse. Trate entonces de escribir un libro y pese a que tengo varios temas en son de progreso, es este tema el que tenía que exponer primero como se me fue impuesto y dictado con notas sobre mis vivencias como ya indique.

Mateo 28:30

Mirad que no menospreciéis s a uno de estos pequeños; porque os digo que sus ángeles en los cielos ven siempre el rostro de mi Padre que está en los cielos.

Cap 4

Más me gustaría se pregunten y contesten ustedes:

- ¿Que significa la muerte para ti?
- ¿Que sientes cuando te hablan de la muerte?
- ¿Porque duele tanto cuando se va un ser querido a ese viaje sin regreso?

Es hasta curioso cuando vemos ciertas películas sean de misterio, matanzas, ciencia ficción, comedia en fin cualquier género y vemos que alguien muere en formas distintas y muchos se echan a llorar.¿ Porque? Si has ido al cine vez los sentimentales y miras y si tu no lloras te da hasta risa. Otros piensan es tonto o estúpido llorar y no comprenden a los que lo hacen. Algunos tal vez les viene un ser querido que está pasando por un estado de cáncer por ejemplo o sida o alguna otra enfermedad que no tiene remedio, pese a que hay remedios para extenderle los años y con la medicina natural y propios tratamientos nuestras vidas pueden tener una larga existencia, pero la realidad es que hasta hoy que estoy escribiendo no se dé la cura de ninguno y que conste he oído comentarios que en Cuba tienen la cura para el cáncer, otros dicen que en Argentina.

Mas no sé si es cierto o son rumores. Ojala y sea cierto así el Ángel tiene menos trabajo. Mas existen casos en la vida real donde tenemos familia que padecen de enfermedades y no comentan con sus seres queridos, desean ser heroínas de la familia y no se quejan ni de un dolor de cabeza. Me pregunto y si estoy equivocada ustedes me perdonan; como darle cariño a un enfermo si se niega el mismo eso. Como dar de comida a un hambriento si no sabemos que tiene hambre. Existen muchos casos familiares que cuando la familia se entera es por qué sucedió algo grande. A veces la excusa que se da es que no querían lastimar a los que quieren; mas digo yo y repito y no soy grabadora no es mejor saber y lidiar con el sufrimiento juntos a enterarse en caso ya sin remedio y que los seres queridos sufran un cantazo tan fuerte como la muerte.

Tal vez estoy equivocada y de ser así un día me enterare. Expongo otro ejemplo; imagínense que a uno de sus hijos o cualquier familiar alguien le está haciendo daño más por razón desconocida no le comunican a ustedes lo que sucede. Puede ser un abuso sexual, puede ser un maltrato verbal, puede ser que le dijeran tiene cáncer o sida. Si ustedes no saben cómo van a poder ayudar a esa persona, hijo o familiar o hasta un buen amigo (a). Es justo que eso suceda y tal vez solo tal vez de haber pasado algo hasta le echan culpa a usted de no haber hecho nada, cuando usted es inocente pues no sabía lo que sucedía; de verdad si estoy equivocada pido disculpas de ante mano. Una vez mi hermana mayor me dijo esto, la culpa no tiene madre.

Para mi es mejor compartir todos lo bueno y lo malo para eso es la familia, es mi opinión. Ese un momento de dolor fuerte y ver un ser querido con dolores insoportables pedirle a Ángel que no les de sufrimiento a los que amamos, de tal manera que ahí comprendo que su labor debe ser ejecutada, pues solamente queda que comprendan que únicamente su fe de Corazón puede darles la cura. Pido que estas personas aprendan que la familia es como la enfermera que el señor pone a nuestro servicio para que al estar juntos nos uniéramos más; igual en oración y así les aumentara la fe de corazón y los animara a vivir sus años junto a la familia, pese la redundancia y seres más allegado que le aprecian. Hacerles la vida más placentera. No se encierren pido de Corazón, busquen grupos que estén en la lucha por la enfermedad que padezcan pero sobre todo busquen la más grande de las curas que solo la da un médico, maestro de doctores; El Señor.

Entonces que deberíamos pensar sobre estas situaciones y como aplicarlas a la vida real. Se han dado casos en que en muchas películas han ocurrido hechos reales durante la formación y hasta han muerto personas según he oído. Mas es mi interés llegar a tocar el corazón de ustedes con algo tan sencillo como la muerte. Por ejemplo si supiéramos cuando nos toca partir de este mundo;

1- ¿seriamos diferentes?
2- ¿Que cambiarias de tu forma de ser si supieras cuando es tu ultimo día?
3- ¿Irías a la iglesia?
4- ¿Te reconciliarías con los que te has peleado?
5- ¿Ayudarías más a quienes estén a tu alrededor que sabes necesitan ayuda?
6- ¿Compartieras de lo que tienes a los que no tienen?

Bueno allá cada cual, son notitas para que hagan análisis de que hay bueno y que hay mal hecho, y comparándolo con lo del ángel. ¿Porque? pues simplemente porque decimos veinte mil cosas y podemos mentir más el Ser tan poderoso como es mi Dios todo lo ve y aun a sabiendas muchos creen pueden engañarle. Ahí es donde digo que por eso existe el Ángel de la muerte pues llega y te da un toque y si no lo entiendes te da otro y saz no entendiste pues te fuiste. A nadie le gusta pensar le llego el día. Ej. En una familia puede haber de todo y hoy en día se tiran y ofenden tanto que se enemistan y solo ven lo que les sucede a cada uno individualmente; lo que le esté pasando al hermano, primo, tía o así sucesivamente no les interesa. Entonces es donde veríamos tantas cosas que podríamos hacer si supiéramos ese día en particular, el día de la muerte.

1- ¿Hablarías de los misterios de la sagrada escritura?
2- ¿Llevarías el mensaje a los que no conoces de su enorme misericordia y Amor Incondicional?

Por ello es mi libro, tal vez tonto para muchos tal vez ya lo han conversado con otras personas, mas como yo no lo he divulgado deseo hacerlo ahora. Considero que todos serian distintos, que nada sería igual. Si miramos tanta miseria a nuestro alrededor y vemos como a diario los pudientes desperdician comida, ropa y otras cosas y prefieren votar a dar, entonces comprenderán porque sería bueno crear conciencia sobre la muerte. Otro ej. Es de las tiendas que se supone son para los de bajo recursos, donde lo que venden son donaciones de los pudientes. Mas por dios da pena ir pues venden más caro que las tiendas de departamentos y ahí son nuevas. Porque pues por lo explicado ya, comienzan en tienda para pobres y se hacen tiendas de departamentos y como con cosas que donaron muchos para que los de bajo recursos pudieran tener a bajo costo; ahora son de mucho más costo y pobre del que va..

Por lo que creo que los que tienen todo darían sin pensarlo dos veces, mirando el ejemplo que les di, considero que todos buscarían los closets para donar ropa, no rota o descolorada si no en buenas condiciones como si se la dieras al Maestro. Buscarías las lacenas de comidas y no esperarían a que estén pasadas de fecha o sea vencidas para donarlas a las iglesias. Considero darían de lo mejor, pensando que son ellos los que les toca ir a recoger comida y no desean le den algo vencido que tengan que votar al llegar a la casa. No debería ser así pues hay tanta necesidad en este mundo. Si pensaran en la muerte en ese momento darían con más amor en vez de seguir guardando alimentos que luego tienen que votar; Que tristeza ver eso. Más también sería mejor hasta darlo a las personas para que no se lucren otros.

He pasado por detrás de tiendas grandes de comida y veo como todos los días se vota alimentos por grandes cantidades en vez de darlo a personas que necesitan. Que conste que sé que existen muchas instituciones que ayudan a los que no tienen, hay personas que escogen a quienes ayudaran como el cántate Puertorriqueño Ricky Martin, que ayuda a los niños. Otros artistas de fama de lo televisión la como lo es la Sra. Cristina Saralegui, que conquisto los latinos con su hermoso show, el show de Cristina; en el cual no solo se ayudaba todos los años a miles de niño y personas adultas. Sra. Ellen Degeneres que en su show invita a tantas personas y no solo regala en su show si no que da para grandes obras de caridad. Sra. Oprah Winfrey que se levantó desde lo más humilde y de igual manera ayuda a tantos, El Pastos Joel Osteen de igual manera no solo con su palabra da tanto a los seres humanos, sino que está presente en donde hay necesidad. La Sra.Joyce Meyer, con sus mensajes de amor al señor edifica, instruye y llena el alma vacía de tantos; y sus obras son conocidas pues ayuda de igual manera a tantos niños. Celebres de tv y celebres de la palabra de Jesús y hay más pero necesitaría más páginas para exponer a tantos.

Por eso le indico al ángel de la muerte me parece se debe evitar que sigan muriendo tantos inocentes y más si es el maligno quien hace que mueran. No pueden ustedes pelear pero para que no exista tanta tragedia, le pregunte. NO, me contesta de inmediato y luego me indica; no es nuestra área tomar esas decisiones. Más aun así sigue existiendo necesidad en nuestras comunidades, en nuestros vecinos hay muchos callados que necesitan y no hablan por vergüenza o por orgullo o miedo al qué dirán.

Por ejemplo por qué no hacer un comunicado a los vagabundos, diciendo a qué hora pueden estar a la parte de atrás de las tiendas para que recojan alimentos que no están expirados; solo que por la ley no se pueden conservar de un día a otro para venta. Se imaginan la de personas que se alimentarían. Por eso es triste ver estas cosas y no tomar un momento de meditación en la vida y la muerte, lo cual de no haber alimentación propia como en los casos que mencione viene el Ángel de la muerte se los lleva.

Vez entonces las noticias por casos que no son normales y no ven aun por qué sucedió

Me dice; por eso suceden crímenes, suicidios, plagas por falta de higienes en esos lugares de mala vida y más. Pero los seres humanos se dedican a querer escudriñar otros planetas en vez de invertir en su salud, ese dinero cuando hay tanto por descubrir en su propio planeta. Tanto que construir y tanto por mejorar. Más para ustedes me sigue diciendo, eso no es importante ya que no reciben galardones, certificados, medallas o no les pagan por hacerlo. La gran mayoría de ustedes solo desea que se les den méritos por todo lo que hacen, no porque se lo ganaron o merecen. Hay una diferencia en algo que Dios apruebe a lo que es hecho por intereses materiales, termina diciendo.

Continua y me dice: No es fácil la vida del humilde he visto y miro tanta miseria aun a mi alrededor y te incluyo pues no ha sido ni es aun fácil tu vida; le comento, no tienen ideas de lo difícil que es vivir bajo un presupuesto que no da para mantenerte como un ser humano normal. Vivir más bien con lo que te dan si encuentras quien, pues no tienes para irte de compra y si consigues par de dólares te vas a tiendas de las iglesias para poder comprar con cinco dólares pues no puedes gastar más. Aunque parezca mentira aún estamos en esos días. Ver escaparates con vestidos o artefactos bellos hasta zapatos y soñar, soñar como la cenicienta que se sentiría tener algo así. Hace un silencio pues vio que salían lágrimas de mis ojos, le digo perdona pues tengo que desahogar algo de mi, recuerdo que tuve que hechar agua a la leche para alimentar mis dos primeras hijas cuando me separe del padre, dormi debajo de escaleras con

ellas y las arrope con periodicos y nunca comente
nada. Preferia eso al maltrato que el me daba y aun
asi fui la mala ante mi familia por divorciarme pues
ellos no creian en el divorcio y una hermanita que
decia me amaba les dijo barbaridades de mi, cuando
se entero que yo salia de noche luego de conseguir
un humilde apartamento y no tenia idea de a donde
yo iva; iva a un piano bar a cantar para dar de comer
a mis hijas; mas asi no le indicaron a mi familia y
cuantas cosas mas y me dice; no es fácil lo que
pasas te y pasas más debes continuar y terminar este
libro. Le indico que pienso por momentos como será
vivir en una casa pequeña equipada a lo moderno,
sencilla más con todo lo que un ser humano debe
tener, no ser rica pero no deber y vivir mis ultimos
años tranquila; más comprendí que me había salido
del tema de nuevo o sea de limite y estaba fallando
ante él; como lo supe pues senti como cuando una
persona respira fuerte y camina de una manera que
oyes las pisadas y vuelve otro suspiro, pues lo que le
estaba diciendo era malo como querer lo que uno no
tiene, y como humana necesitada me puse a sonar,
mas comprendí a tiempo de nuevo que no me debí
haber puesto a soñar pues no era el momento.

Hace un silencio y me dice: sabes que estoy a
tu lado y di cuantas veces me has dicho que no te
lleve, has pedido al padre que no deje que yo te
lleve. Sigues pidiendo que no te lleve aun; sabes
que trataste de hacer tu voluntad y te fuiste en contra
de los principios de Dios y aun así; tus pedidos se
te han complacido pero no has terminado lo que te
corresponde y por qué te has humillado ante tu dios.
Sabes que viste el túnel de paseo al otro lado, oíste
la voz de un trueno y viste más de los vestidos en
blanco y viste más que eso; pues aun allí seguías

peleando y poco falto para que por tu forma de querer pelar todo casi, llegaste a estar cerca del túnel negro y por tu hijo menor para ese entonces que no cumplía los 18, pediste que te diera tiempo a criarle y verle un hombre. Se te concedió y todas las demás veces también. Tienes mucho que decir pero no en estas páginas, solo piensa que aun estas en probatoria y si falla no te gustara lo que puede sucederte.

Sé que deseas realizar uno o dos de tus sueños, sé qué vez los ricos como botan dinero, bueno que bien sea es de ellos, más te preguntas que se sentirá estar en una de esas enormes mansiones con todo y poder recoger lo que tiran para llevar a los que no tienen; que te gustaría saber que se siente no tener que mirar un precio en algo que te guste, no únicamente para cómpralo para ti si no para regalarle a los que amas y no has podido por tu situación. Mas oye y oye bien aparta todos esos pensamientos y no dejes que aparten tu deber de escribir y solo escribir. Arriba sabemos todo eso y si bien te permito hicieras los comentarios de ver que te mantienes en ellos te aseguro no tendrás que volver a preocuparte por ellos, si tienes oídos escucha y si tienes sabiduría entiende.

Seque mis lágrimas pues a buen entendedor con pocas palabras basta y mi deseo es seguir en esta tierra para continuar escribiendo así sea en una esquina o debajo de un Puente o donde me envíen más seguir aun acá no allá. Esto y más le dije a mi Ángel de la muerte y le pedí que me siga pellizcando pero que me deje más tiempo, no para ser rica, no para tener mansión pero si un lugarcito mío. Al igual que tú le puedes decir Qué prefieres estar con tus achaques por duro que sea pero aquí junto a los que quieres y que si bien deseas lograr tus sueños aunque sea uno, de no lograrlo aun así te siga dando un poquito más de vida para querer los tuyos, para estar ahí con los que más quieres.

En un batey o en un patio compartiendo un momento especial y tomándote un café o una limonada da igual pero estar ahí hasta con un baso de agua. Agotar todos los recursos y si él le pide al supremo que hasta que él diga será tu estadía en este mundo y aun débil seguirás soñando aun enferma seguirás soñando y jamás te vencerás ante ninguna adversidad de este mundo lleno de plagas. Él sabe lo que escribo y le indico solo es lo que he soñado, no voy a ir encontrar de la voluntad de dios, mas ya que escribo déjame escribir mis sueños también. Entonces escuche algo así como un risa mas no puedo definirla era como si tuviera ojos dentro de mi cabeza y escribiendo veía esa sonrisa, me estremecí pues me dice; tu padre sabe lo que necesitas y si bien que le agrada le pidan no deja a ningún hijo sin techo ni alimento, solo mira al cielo; así que escribe y termina lo más pronto que puedas pues habrá sorpresas al final del camino, mas no me dice que y repite solo escribe y no piensen ni en si está bien o mal escrito habla con tus palabras lo que te digo.

Mas pregunto ¿qué harían si de un momento a otro se vieran en esta situación?donde puedes bien perder todo y no tener nada y verte en la calle durmiendo en tu auto si lo tienes pues muchas veces hay que dormir debajo de una escalera con hijos y arroparse con papel de periódico y pasar días y días a puro medicamento, si tienes y agua para seguir viviendo y platicando con el Ángel de la muerte para que no te lleve pues estas pidiendo se habrá una puerta con un rayito de sol por pequeño que sea para volver a superarte y conseguir el respeto de los que al verte en el suelo se olvidaron de lo que es la misericordia, la piedad y el amor al prójimo sobre todo el amor a una madre, hermana y familia. Aun con todo que te deje más tiempo

El Ángel sabe la verdad de todo. Luego nos preguntamos ¿porque yo? ¿Porque me dio esta enfermedad porque son los primeros en pregunta al todopoderoso porque yo? Entonces comienza una tarea distinta para no sentir la pena de nadie y desean ser héroes de lo que les sucede, amen. Mas pidamos que esta vez sea de corazón que es lo que los de arriba ven. Él sabe por qué. Ahí cuando el Ángel ve, analiza y ve el corazón y si es sincero concede más tiempo pues informa al que todo lo puede y solo así puede tomar la decisión de si o no. A todo les comento que ellos se hablan entre ellos y hacen sus reuniones antes de llevar el informe al Señor. Se comunican cada uno su tarea del día y unen todo para entonces resumir y dar el informe de las miserias que existen y como se están acabando los seres humanos.

Es aquí cuando al no tener con que sostenerse o quien les ayude, Pues pierden el concepto de superación y al ver el ángel de la muerte se envuelven de la manera equivocada y le piden que se los lleve, los que se suicidan, ese ángel que ven no es el ángel del que yo hablo. Ahí es donde pierden lo que es la noción de que solo Dios tienes derecho a quitarte la vida y que hay muchas formas de salir adelante. Que no es fácil que tengas tropiezos y besaras el suelo muchas veces; mas cada vez que el Ángel te visite tienes que ser fuerte y hablar firme, debes pedir discernimiento para saber a quién le hablas o quien te dice que hagas algo. Recuerda que si es malo no es de arriba.

Tienes que darle a entender tu fortaleza y deseo de vivir y que no te vas aun. Que no estás preparado para ese viaje que tienes mucho que hacer aun en esta tierra y firmemente indicarle que se valla o apele por ti, que no te vas, tu fe en el Todo Poderoso debe ser mucho pero mucho mayor por difícil que la ves, más el que se apartara es el que te pone cosas negativas en tu mente y eso viene del ángel de las tinieblas. Cuando un ser enfermo se acoge a el amor de Dios, no se deja vencer por nada ni por la enfermedad más fuerte que exista o plaga; insiste en que su vida es de Dios, reclama sus promesas y te aseguro Dios cumple lo prometido y si ve que tu fe es como un grano de mostaza te concederá tu petición y más si te humilla con amor a él; no con soberbia ni con orgullo.

REDCUERDA PARA DIOS NADA ES IMPOSIBLE, solo debes de pedírselo y el que es tu padre que no te concederá. Pues nuestro destino solo Dios lo sabe más somos tan necios que llamamos la muerte antes de tiempo y ahí puede llegar lo que no deseabas o no llamaste y puedes lamentarte tanto ya que no iras a donde deseas si no a las tinieblas.

Uno de muchos ejemplos que podría darle, de experiencias reales que tuve es esta que conocí; una mujer casada con un hombre que encubría su falsedad y ella queda embarazada; mas cae por unas escaleras luego de una pelea con él y eso provoca que nazca un niño enfermo con un pulmoncito débil; la madre está en una habitación y él bebe se lo llevan a otro para darle los cuidados de intensivo y está muy débil. Que es lo que los médicos hacen de inmediato? Vienen donde los padres y les indican que uno tiene que ir donde está él bebe y tomar sus manitas a través de la incubadora, a través de un hueco que hay especial con un guante les indica, debe poner la mano el que valla y tomen la del bebe, le da instrucciones para que le hable y le diga lo mucho que le quieren, que luche que sea fuerte que ellos están ahí para él. La madre desea ir mas no le es permitido ya que esta recién parida y débil, ella llama a su esposo y le pide que por favor valla y le indica que hacer. El padre no fue y el ángel se presenta y aunque no desea esa tarea tiene que recogerlo.

Mas dice el ángel; si el padre hubiera ido el niño tenía más posibilidad de sobre vivir. Más se vio solo y lo único que estaba a su lado era El, quien tomo el puesto del padre y la mama que no podía ir y tomo la otra manita y pide al todopoderoso le de fuerzas y salud a ese bebe pues sus padres le aman tanto que sufrirían mucho si él se lo lleva, que le de fuerzas y fortalezca sus pulmoncitos para que puedan irse a casa juntos.

Por extraño que parezca no pudo ser así la madre está en peligro y no puede levantarse de la cama y el padre es un hombre sin escrúpulos y que solo piensa en él y no va a darle ese calor de padre a su hijo y se fue a su apartamiento a beber ya que la solución que el buscaba a todo era bebiendo; ya por ello habían problemas en el matrimonio. Pueden estar seguros que de haber visto el ángel lo contrario un milagro hubiese ocurrido. El Ángel mira el porvenir de esa criatura y pese a que sabe que la madre se desgarrara de dolor no lo piensa dos veces y pide permiso al mayor para llevárselo. Pues sabe que la madre tiene más hijos y ve lo que viene para ella más adelante y no le conviene más sufrimientos. Así que se lleva el angelito y del cielo velara por su madre. Me dice que fue no agradable pero que son muchos los casos que ha tenido que llevarse ángeles de la tierra a ser ángeles en el cielo.

1 Pedro 3:22

Quien habiendo subido al cielo está a la diestra de Dios; y a él están sujetos ángeles, autoridades y potestades.

Cap 5

Porque hablar de la muerte cuando hay tanta vida hermosa. Bueno les diré porque siempre está conmigo, aunque suena algo extraño. Por años de años ha sido mi compañera y siempre que estoy demasiado deprimida me consuela y me da ánimos. Me recuerda los momentos fuertes del pasado y las veces de mis tonterías cuando le llamaba para que me llevara y sonriendo me decía "no es tu tiempo" cuantas veces he escuchado esas palabras. Era muy clara conmigo y me decía que estaba ahí pues también había los ángeles caídos que escuchaban lo que pedía y confundieron plegaria por maldición. Ya que mi amor a dios nunca ha dejado de existir pero como humana que soy he tenido tiempos débiles y mi fe que es pequeña como un grano de mostaza se me desplomaba. No miraba nada más que a mí alrededor y eso estaba muy mal. El querer y no ser correspondida, los fracasos matrimoniales y mucho más me acercaban más a la muerte que a la vida ya que no fortalecía mi fe. Atente muchas veces con mi propia vida y aun así sigo aquí porque aprendí con los años que no es lo que yo quería si no lo que el señor mandara; que no me iría hasta que el me mandara a buscar.

Ya les he dicho algunas anécdotas personales al respecto cuando veía lo que otros no y más adelante la visita de los seres vestidos de blanco y así verán que verdaderamente la vida es hermosa y más si vemos con naturalidad como es la muerte pues así al conocerla podemos hacer de ella la vida más primorosa y hasta el aire que respiramos lo sentimos en nuestro ser de una manera tan diferente, pues valoramos más lo que se nos dio no para quitar si no para apreciar.

Esta es otra vivencia de a penas tenía unos ocho años, vivía en una pequeña casa de madera con mis padres y en el dormitorio había un agujero en el piso. La casa estaba sobre un corriente de agua que daba a su vez a una quebrada, así que cuando habían lluvias fuertes pasaban por allí todos los desperdicios del barrio y a su vez animales muertos y muchas veces vivos. Era mi entretenimiento acostarme en el suelo a ver qué pasaba. Más un día para mi susto paso una culebra en una rama de un árbol. Me asusté mucho y salí gritando papi, mami una culebra, una culebra. Mas no me creyeron, pensaron era obra de mi imaginación. Les indique que la había visto y que subió al cuarto pero fue inútil no me creyeron. Pero como todo surge de una manera u otra en la noche fue lo más hermoso que paso. Apagaron todas las luces y se decidieron a dormir, más de repente mi mama sintió algo extraño en la cama y le indica a mi padre algo se está moviendo debajo de las sabanas. Él se levantó prendió las luces y busco un machete que siempre tenía cerca de la cama. Mi mama se salió y al el alzar las sabanas, efectivamente había una culebra enroscada. El grito de mami fue mayor al mío cuando les dije que había visto una culebra, papi la mato más comprendieron que debían de creer lo que uno les decía.

En fin así fui creciendo y de noche se acercaban a mi catre o sea (una camita pequeña con un matricito hecho de hojas y ropa vieja) y aparte era lo que se podía para ese entonces, de noche me visitaban unos seres en blanco a los cuales no les tenía miedo. Más cuando le decía a mi mama tampoco me creyó y olvido lo de la culebra... Siempre estuvieron conmigo y según fui creciendo más y más dialogaban conmigo.

Mas hoy luego de tantos años visualizo todo diferente pues no comprendía de niña muchas cosas. Entre todos ellos había uno que era más callado, apenas decía palabras y a cada momento se disculpaba pues tenía que hacer un mandado para el supremo., aclaro les entendía mas no veía labios u ojos nada de nada; más bien era como un susurro pero como niña entendía todo lo que me hablaban. No entendía lo que quería decir, pues muchas veces entre ellos tenían un dialecto que no conocía ni conozco aun. Nunca le pregunte pues que podía imaginarme que iba ir a recoger los que les tocaba partir de este mundo. La inocencia de un niño no se puede igualar más por ello hoy veo todo tan distinto. Eran ángeles y uno de ellos era el ángel de la muerte que también como los demás eran de distintas jerarquías. Como niña pensé que eran mis antepasados como mis abuelos por ej. Que me cuidaban y por ello no sentía miedo.

Al llegar la noche era para mí como si llegara el momento de un cuento de niños. Me acostaba y sabía que hasta que todos no estuvieran dormidos ellos no vendrían. Tan pronto se dormían aparecían alrededor de mi camita y sin palabras cuidaban de mí. Mas como niño al fin sentía que susurraban y era para mí una nana con la que me dormían. Era algo tan hermoso que aprendí a callarlo para mí, como si entendiera sin que ellos hablaran que de decirlo dirían que estaba loca o que me inventaba esas cosas. Así que comencé a callar y todas las noches los esperaba. Llegue a joven y me venían a visitar pero ya no lo hacían todas las noches, me preguntaba porque pero me quede con esa duda. Mas nunca se me fue el don de sentir cosas que otros no sentían. De ver cosas más allá que los demás y lo más curioso que en sueños me decían cuando iba a suceder algo triste en la familia. Ahí me levantaba asustada pues al no saber quién me preocupaba y mi cabeza daba vueltas y vueltas preguntándome quien. No pasaban muchos días cuando anunciaban que alguien de la familia había muerto. No me gustaba.

Así seguí creciendo y me olvide de todo eso que sucedió entre mi niñez y adolescencia. Llegue a pensar todo fue eso solo cosas de niños. Deje que los años siguieran su curso y pese a que ya no veía los seres en blanco no se habían ido nunca. Lo sé hoy en día pues cada episodio de mi vida estuvieron presentes y aun hoy cuando escribo sé que están pero tal vez por ser adulta y haber pecado ya no les veo, solo les siento y me da tristeza ya que me daba gran alegría verles.

Más me gustaría que ustedes mismos se pregunten porque duele tanto cuando un ser querido se va. Cuantos espiritistas o personas psíquicas te dicen que pueden hablar con ellos al más allá. Les crees cuando te dicen eso? ¿Cuánto pagarías por hablar con un ser querido que se ha marchado? ¿Crees eso es cierto? Yo no lo creo. Pues en el momento que un ser nos abandona ya no regresa ya no le podemos volver a verle y para hacerlo tenemos que ir donde están. A la verdad no creo nadie quiera irse tan solo para ver y hablar con sus seres queridos, mas es mi opinión, nadie puede contestar eso con una verdad real.

Vemos cuando suceden cosas raras a nuestro paso, vemos apariciones supuestamente en árboles, cielo, paredes, fuentes y muchas cosas más; pero digo como dijo la famosa Comay del programa exclusivísimo en uno de los casos que ella sigue. Le enviaron una foto con la imagen de la mujer de un caso que no se ha resuelto y se dice el esposo mato y ella dijo claramente que ella no cree en nada de esa cosa y menciono espiritismos, apariciones etc. etc. Y yo la sigo con todo respeto y con la admiración que le tengo por su valentía y el programa tan espectacular que llevo por Puerto Rico por buen tiempo. En fin así considero que del otro lado cuando uno se va, se va, no vuelve, pues bien me ha dicho el angel que al recoger nuestra alma no pensemos que hay una rencarnacion como dicen los humanos, ni siquiera en un perrito o en un lechon como han dicho jocosamente para alegrar; la ida es para un mundo distinto y una vida muy distintinta pero hermosa como ninguna.

Más se preguntaran en qué quedamos habla de la muerte y no cree en esta cosa. No es lo mismo una persona que se muere y ya se hizo cenizas a decir un Ángel me visito. El Ángel es una entidad Divina que pertenece a Nuestro Padre Celestial y tenemos que saber distinguir. Piensen en algo bien común que sucede en la mayoría de las familias. No se ven durante meses y años, no se buscan, no se llaman y más si alguno está en desgracia evitan a como dé lugar lidiar con ese personaje familiar, digo tal vez no son todas las familias pero como he visto tantas hablo vasado en ese grupo. Mas llega la muerte de uno de la familia y empiezan a llegar de todos lados, más si hay vienes que repartir. Ahí llega hasta el que no se conoce y se da por conocido y todos se abrazan y lloran y si observas cuidadosamente, empiezan a dar vueltas por la casa del difunto o difunta; miran alrededor para ver qué hay de valor y comienzan a repartirse cuando el cadáver aún no ha llegado.

Da pena ver estos casos pues tan pronto se entierra el difunto(a) ya todos tienes sus cajas con las pertenencias repartida y quienes se las llevan? Los que nunca se acordaron de dar una llamada a ver como estaba esa persona sea tía, hermana(o) tía(O) o Papa y Mama. No vinieron por cariño o dolor, vinieron a ver que se llevaban Algo curioso en algunos casos hay quien dice ser generosa (o) y dice preparar una cajita para los más pobres de la familia y saben que hacen: se las llenan de todo lo viejo, roto, usado y hasta dañado que encuentren porque esa persona no les agrada. Tal vez quien partió al otro mundo le quería o tal vez no pero hasta eso llegan muchos seres humanos que no tienen corazón y no saben lo que es decencia ni compasión al humilde, que conste he oido muchas cosas parecidas en grandes famosos pero no es mi permiso el hablar de ellos, más Nuestro Ángel todo Lo ve.

Pensemos en otro ejemplo; un ser querido cae en cama con una enfermedad terminal. Puede ser Cáncer, Sida o cualquier enfermedad de estas. Le vemos a diario días meses años sufriendo esa condición. Cuantos no sufren por ello. No es nuestro deseo que se valla, Hacemos lo imposible y se busca miles de soluciones y se ven todos los médicos necesarios buscando extender esa vida. Mas llega el momento que no podemos más, no solo nos estamos acabando y vemos cada uno de la familia sufrir y sufrir que se van consumiendo lentamente. Me pregunto ¿y les pregunto no es mejor llamar el Ángel? No es lo que queremos, más si agotaste todos los medios y sabes y te han informado no hay nada que hacer ni frisándole,¿ que deseas mejor? Seguir la agonía o hacer la llamada.

Me acordaba de el gran maestro de la comedia mexicana que a todo le buscaba el buen humor y hubo una película que le lleno de fama, por tantas y tantas cosas insólitas que dijo en el momento de estar juzgado por un crimen que no cometió en la película desde luego, el título de la misma es" Ahí está el detalle "Mario Moreno" Cantinflas, Porque la menciono porque tenemos el detalle al frente de nosotros todos los días y le damos vueltas y vueltas y pueden haber más de una persona. Todas hablan y dan opiniones más ninguno da con la clave hasta que llega alguien quien menos te lo esperas y te da una solución, algo sencillo y te asombras. Te preguntas porque no lo vi antes y los demás dan palabras de admiración y el que encontró la solución al problema te va a contestar como Cantinflas, "ahí está el detalle" llamar el Ángel era la solución y nadie la veía. Es la manera más humana de hacer algo bien aunque nos duela. Más nos quedaremos con la satisfacción de haber actuado bien. Mejor con Dios que aquí en la tierra postrados en una cama sufriendo.

Salmo 148:2

Alabadle, vosotros todos sus ángeles;
alabadle, vosotros todos sus ejércitos.

Cap 6

El Ángel no es malo como se le acredita. Es un enviado de Dios, que cumple con su encomienda o su trabajo. Muchos tenemos encomiendas que no nos gustan. Médicos cuando hacen cirugías y no le quedan bien, otros que tratan a toda fuerza de salvar una vida más ya era tarde para esa persona, el Ángel estaba allí y sufren como humanos y como profesionales pero que pueden hacer.

Cuantos no ven este ángel como si viniese de abajo como dicen por ahí o sea del infierno, de allí hay uno, mas no le puedo llamar ángel, es un demonio un Diablo. Así no es pues entonces todos estarían abajo. El Ángel de la Muerte de que hablo solo cumple y sus obligaciones vienen del Supremo hay que respetar. Él nos protege precisamente del de abajo. Su misión no es fácil es dura y el trata de darnos señales para que no nos tenga que llevar, más somos ciegos y sordos y no las vemos ni las oímos.

Veamos los accidentes de automóviles ocasionados por personas alcohólicas o en drogas.¿ Quienes pagan esos vicios? personas inocentes, niños, mujeres, ancianos y jóvenes llenos de vida. ¿Quién tiene la culpa?¿ Que hacer en casos así? No era tiempo de esas personas más por otros sin sentido de la vida, sin conocimiento del respeto a la vida humana no les importo y mancillaron vidas inocentes que pudieron haber tenido un futuro por delante.

Cuanto sufre ese Ángel que vio la injusticia y no le quedo más que cumplir su trabajo, si hubiera podido cambiar los papeles lo hubiese hecho, como no sabes que pregunto por un milagro y llevarse el alcohólico y el vicioso hubiera sido su deseo mayor pero al preguntar ya era tarde y no le quedo más ver lo ocurrido y si hubiera sido por él hubiese revivido los inocentes. Más donde hay mayor jerarquía no se puede conjeturar hay que obedecer. Los que ocasionaron esos daños sin ningún escrúpulo no les espera nada bueno denlo por seguro.

Algo les digo el Ángel se queda pendiente a los que ocasionaron esa perdidas, día a día hasta que les toque su turno y mirando en ese intervalo si cambiaron su forma y hábitos. Si han tomado responsabilidad y comprendieron que estuvo mal tomar alcohol y guiar, que si no han cambiado el ángel estará bien pendiente. El ser Supremo tiene su libro escrito y tiene delegaciones para hacer cumplir lo que hay escrito, nada queda impune ante sus ojos. El Ángel es un enviado de tantos que hay y solo cumple con su mandado, valga la redundancia durante todo mi libro. Muchas veces está al lado de uno con enfermedad terminal, y ve los familiares sufriendo, haciendo hasta lo imposible como indique anteriormente. Les ve al lado de sus cabeceras y en casos ve que hacen sacrificios económicos exageradamente para salvar esa vida que ya está destinada a irse. Ahí no le queda más que apresurar y llevársela para que estos otros seres humanos no sigan sufriendo ni gastando lo que no tienen y que luego necesitaran para situaciones que se les presentaran y ellos no lo saben pero el Ángel sí.

Vamos un poquito más allá, seamos más reales. A quien le gusta el hospital? Más cuando tengas tiempo ve y visita uno el que desees, podría mencionar el de niños con cáncer por ejemplo, de ansíanos abandonados por hijos que no tienen tiempo para atenderles y se olvidan que precisamente esa o ese anciano sacrifico su vida para darles lo mejor que pudieron, al igual que ellos estarán haciendo por sus hijos y de igual manera esos hijos harán por los de ellos y sigue ese círculo hasta que uno de esos círculos rompe el núcleo y decide hacer por sus padres algo destino, sea que ellos les hayan criado o que les dieran estudios. Son diferentes y ven la misión de acuerdo a un santo mandato o simplemente un sentimiento a sus padres y no le llevan a un asilo si no que se los llevan con ellos y están pendientes que no les falte nada. Desde cariño y atenciones los colman hasta que les toque la hora de irse con el Ángel.

Cuantos casos existen de personas mayores que están solo acompañadas del Ángel. No porque les toque irse, si no porque no tienen otra compañía y se adaptan a conversar con él y con los demás ángeles también, se hacen grandes amigos y son ellos quien dirige su vida hasta que les toque su día. Les guardan del mal y únicamente cuando les abandonan por áreas que tengan que cumplir ha sucedido que ocurren tragedias donde el maligno envía a que los maten o les roben y hasta que sean violados; eso no viene de dios. Nadie puede creer o entender cosa similar más sucede. Hay muchos casos y contare algunos de ellos.

Cuando se es joven cometemos muchas cosas incoherentes, errores y nos envolvemos en situaciones que no esperábamos o no sabemos cómo salir o tal vez no tenemos quien nos dirija por el camino correcto. Así que muchos tomamos decisiones equivocadas y nos creemos que estamos bien, que nos la sabemos de todas, todas, la primero que se incluye soy yo.la realidad es que al paso de los años miramos y nos damos cuenta que fuimos unos estúpidos y que no sabíamos ni sabemos aún nada de nada.

Se de una mujer que paso y sigue pasando las de Caín. No puedo hablar de ella pues no es mi libro para memorias si no para el que me dice que escriba; mas solo mencionare que la señora que les menciono, ha sufrido mucho, sufrió tantos pero tantas desgracias que aún se pregunta cómo está viva. Segada buscando un amor, una felicidad que perdió por fracasos y cegada ya no resistió y se apartó de todo aun a costa de su salud, se segó y no vio que hería a su paso a muchos y lo peor se estaba matando ella misma de a poquito. Mas nunca decidió rendirse aun en este momento ora al Dios Supremo que un milagro se haga y vuelva a tener lo que más quiere en su vida, el cariño incondicional de sus hijos y su respeto y su familia de igual manera para que le acepten con defectos y virtudes; que han sido injustos y no pudieron comprender lo que pasaba y porque hacia lo que hacía.

Ella regreso de un viaje que hizo y fue directamente con su mama, de ahí tuvo que volver a los Estados Unidos, por cuestiones de salud, más prometió a su mama regresaría tan pronto se curara. No conto con complicaciones y problemas de familia, más no se ha rendido y sigue luchando contra viento y marea aun para poder encontrar los que han tratado de hacer leña de su nombre y su existencia y demostrarles que se equivocaron totalmente con ella y sigue viva luchando. Mas aunque no cuenta con nada sigue firme al amor del creador y su confianza no cambia. Ella será juzgada como todos nosotros y únicamente Dios debe hacerlo, más aclaro me dice el ángel; pobre de los que la difamaron, injuriaron por cosas que no cometió pues será peor su castigo y quien tiene la potestad no tendrá piedad. Pues ha visto que no tuvieron piedad para con ella y sus vestimentas han desgarrado con puras mentiras.Que por no tener la apartaron de su generacion y no les importo como ha estado, que han puesto otros en su lugar por ella defender como leona sus hijos y no tienen idea de las lagrimas de sangre derramadas y Dios se apiade de todos, pues para que tengan idea les diré que desde cheques, dinero, pertenencias y hasta prenda preciosa como un diamante le robaron en una visita a unos familiares, como no vio no acuso mas el gallo canta solo, dice un refran y luego la dejaron en la calle. Pusieron sus hijos en contra y mucho más; Imagínense lo demás ustedes. Pónganla en oración para que logre su tranquilidad. Se sorprenderán de mas cosas cuando ella me termine de contar su historia y pueda escribir mas, pues a la verdad aun no se que sucedera conmigo.

No hay que tener una enfermedad terminal para que todo sea negro, tan solo no poder caminar, no tener manos o tal vez una simple depresión puede hacer tanto daño. El alcohol, las drogas enferman el alma y si no hay quien ayude a reprender todo eso. A diario vemos de personas con cáncer en el seno que lo pierden mas no se rinden siguen adelante y motivan a los demás para que luchen contra esta enfermedad mortal.

Otros nacen con defectos fatales y vemos y oímos sus historias y son motivadoras. Más he visto personas con todas sus partes, no enfermedad simple ni mortal solo abandonado pues no tienes fuerza de voluntad para cambiar sus vidas y se tiran al desperdicio. Me pregunto¿ no es eso una enfermedad mortal?

Hijos abandonados, padres abandonados y tanta miseria en este mundo. Mas todos se enfocan en las enfermedades mortales ¿y los demás no existen? ¿Qué son? Tantas instituciones benéficas que existen y cuando se va a pedir ayuda no hay, pues no les da lo poco que tienen para ayudar. ¿Que indica eso? Muchos artistas ayudan sin medidas, programas que dan a tantas y tantas personas, mas no es suficiente el mundo está muy repleto de tanto dolor, necesitamos más y más personas de corazón grande y no que les crezca dentro del pecho si no que salga de ahí para ayudar o unirse a los que ayudan.

Más le comento al ángel, donde quedan todos estos que he mencionado,¿ a donde van? Se olvidan de ellos mismos y se pierden y solo el Ángel de la muerte les acompaña esperando que camino vayan a tomar. No es justo! Por ello es que muchos se encomienda al ángel y no saben que hay tantas soluciones en la vida que de pedir al ángel él les guiara para que no cometan errores que no tienen revocación alguna. La vida es hermosa y no lo queremos ver hasta que ya no hay remedio y no podemos virar pues fuimos drásticos en tomar una decisión equivocada Reflexiona por favor. La Oración va dirigida a solo un ser que todo lo puede, más hay quienes opinan no hay delegados y respeto la opinión. Más para que están los ángeles y toda su jerarquía; no es solo para velar el cielo o nuestro planeta es para algo más y repito de nuevo y valga la cacofonía es mi opinión, basada en lo que conozco y lo que me dicen.

El mensaje mayor es que no se rindan, que no dejen de luchar por pequeña o grande que sea la causa. Debemos de seguir, tenemos un destino que cumplir mas no lo aceptamos, hay un legado que cada uno debe ejecutar y no se pueden rendir por muchas que sean las adversidades. Si la prueba es grande pues mayor oración y más firmeza, si es pequeña pues igual pues más oración y devoción al único que tiene dominio total sobre nosotros, sobre nuestra vida, Dios.

El Ángel solo cumple órdenes y aunque no le agrade tiene que cumplir con su trabajo, como nosotros en nuestras labores cotidianas. No permitan que el verdadero mal el que desea que nos vallamos siga haciendo estragos y pobre Ángel siga llorando porque no tiene día libre para descansar, el otro le da mucho trabajo y no le agrada, pues su jefe no desea eso siga así.

Apocalipsis 7:8 y 9

Y fue hecha una grande batalla en el cielo:

Miguel y sus angeles lidiaban contra el dragon y sus angeles, y no prevalecieron ni su lugar fue mas hallado en el cielo. Y fue lanzado fuera aquel dragon, la serpiente, que se llama Diablo y Satanas el cual engaña a todo el mundo, fue arrojado en tierra y sus angeles con el.

Cap 7

De pequeña tenia visiones y le contaba a mi mama y se echaba a reír, decía que verdaderamente tenía mucha imaginación. Una ya hecha una jovencita de unos 15 a 16 años, creo pues no recuerdo bien vez, miro otra vez de la ventana de mi cuarto, que a su vez daba a la casa de unos vecinos y veo una sombra me eche a correr y comente a mi mama. Ella muy dulcemente me comenta lo de siempre tienes mucha imaginación, le digo casi llorando alguien va a morir, me indicaron que habria luto en el barrio y que tuviese cuidado.Más se echó a reír y se fue, en la noche oigo cuando le comenta a mi papa que a su vez le dijo lo mismo, es cosa de niños. A la semana murió uno de los vecinos, yo era comadre de la hija menor y senti demasiado miedo, ellos vivian al lado de nuestra casa; mi mama no me comenta nada más si lo hizo con mi papa el cual a su vez le dice: es pura coincidencia, no hagas caso.

Mi mama se puso en vela pues se acordó que le había hecho comentarios que en la otra casa veía seres vestidos de blanco, cuando era una niña y ahora era una adolecente. Dicen las malas lenguas enseguida que eso es espiritismo, más ni mi mama ni yo pensábamos así, ya le había indicado algo similar y quien murio era el compadre de ella tambien...

En la noche ella dormida comenzó a hablar con voz de hombre y pedía ayuda para salir del lugar donde estaba; yo estaba durmiendo con ella y me levante más que ligero a llamar a mi papa. El me indico no la despertara pues era malo.

Al otro día oigo que mi mama le dice a mi padre que la muerte estaba rondando nuestra casa y no podíamos permitir lo que estaba buscando que hiciéramos oración más que nunca. Ella se dedicó a orar a diario más que nunca. Yo sabía lo que quiso decir pues el compadre antes de irse o sea de matarse había estado en la casa, ya tenia los malos instintos pues habia dejado el revolver detras de una piedra en nuestra casa y ese dia fue directo a buscarla y puso un revolver en la cabeza de mi papa y le dijo cosas muy fuera de lo normal, mi padre muy inteligentemente le movió la mano y le dijo, compa no juegue con eso es muy peligroso.

Así él se retiró y en su casa trato lo mismo con una hija, el juego de la ruleta, me imagino saben lo que es. Una bala en la pistola y se le da vueltas y al que le toque saz. La hija trato por todos los medio de evitar la fatal tragedia más él estaba poseído y no del Ángel que les hablo si no del que no es querido en el cielo y le quito las balas al resolver y le dio vuelta estilo ruso; le puso el revolver en la frente a la hija y ella muy sutilmente y con cariño hizo lo imposible para quitar aquella alma endemoniada que ya estaba maldita y por más que trato la misma se disparó la pistola. Aquel hombre callo en brazos de su hija y todo quedo pintado en sangre, esa experiencia no es fácil de borrar, la familia se mudó de inmediato de aquella casa pues se decía que luego del suceso el ánima se oía por las noches y que buscaba a quien llevarse con él.

Por eso mi mama en la noche tuvo ese momento que hablo como hombre, era él en el cuerpo de mi mama pidiendo oración y rosario en su casa para poder irse a descansar en paz. En el techo de mi casa que era de zinc se veían las pisada fuertes como si fuera un animal, pero yo tenía idea sabíamos quién era. En mi casa no falto la oración y mami no me despegaba de su lado, papi se metía entre nosotras pues sabíamos que él quería llevarse a papi, al tratar de hacerlo en vida y no lograr su objetivo trato desde el lugar donde se encontraba que no es nada bueno.

Yo me iba a mi cuarto de día y pedía más que nunca al todopoderoso que le dijera a su Ángel que no se llevara a mi papa que le protegiera que no permitiera algo tan feo, que enviara más ángeles si era preciso los arcángeles que son los que pelean para que pelearan por mi papa y sentí un viento sobre mí que me indico que no me preocupara que nada le pasaría a mi papa hasta que el Todo poderoso dijese lo contrario. Que los ángeles velaban nuestra casa y los arcángeles también. Como siempre la curiosidad mata a muchos más a mí era ya parte de y cerré los ojos a mitad; volví a ver los vestidos de blando alrededor de mi cama. No pude aguantarme y abrí los ojos y muy sutilmente me señalan que mirara al cuarto de mis padres y también había vestidos en blanco; agradecí y sentí una enorme confianza pues no estábamos solos. Así pude dormir tranquila.

Una noche en la sala mi madre se pone a conversar y en su relato me dice; te voy a contar algo que me sucedió cuando eras más pequeña; tuve otro hijo y nació muy enfermito. Se puso muy grave y trate y trate de salvarlo mas no era para vivir; un día sentada en la salita de la casa donde veías cosas por el hoyo del suelo se me apareció una mujer en ropaje blanco y de largos cabellos. No sentí nada de miedo pues sabía que venía por el niño. Me dijo; no sufras mas no está de el para vivir y tú de retenerlo y por más brebajes que le hagas será recogido. Así al otro día tu hermanito murió y pese a que sentí dolor y llore me sentí tranquila pues sé que dios envió por él. Te cuento esto pues tienes el don que dios te dio y debes ser sabia para tomar decisiones o sufrirás mucho en la vida. Mas nunca estarás sola, ellos siempre te rodearan. Ahí me quede en silencio y desafortunadamente si he sufrido y he llorado y llorado pura lágrimas de sangre más aún sigo con el amor mayor a mi dios.

Ya pasada esa historia le pregunte a mi mama un día que porque yo veía esas personas en blanco, que algunas veces sentía miedo y otras no. Ahí me entero de Algo que no sabía y ella me relata que había nacido envuelta en un zurrón. No sabía que era así que le pregunto qué es eso. Me indica es como la tela de una cebolla, pocos nacen así, dicen que son niños especiales que tienen un destino a cumplir. Me dio risa más seguí oyendo, me indica que ella misma no sabía de eso y que una vecina a su vez le indico que me diera el zurrón a cortar con unas tijera para que fuera costurera, mi pobre madre inocente hizo caso a su vecina sin saber lo que ocasionaba según las historias, corte el zurrón en varios pedazos: me pregunto seria eso lo que troncho mi vida y solo he vivido de tropiezo en tropiezo y ahora ya cansada con canas y débil deseo escribir mis vivencias, historias y hasta mi autobiografía si dios me da merced.Aun me pregunto como sera eso del zurron? Sera verdad lo que me dijo que son niños privilegiados, pues yo aun no me siento asi, que hubiese sucedido si ella no pica el zurron y me lo hubiera entregado? Habria sido distinta mi vida? Aun no me han dicho nada de nada.

Pasaron los años y siempre tuve esas visiones más tuve que apartarme por muchas cosas personales que no deseo relatar en estas páginas si no en mis vivencias personales o autobiografía Algún día luego de terminar estas páginas. Ya que según le veo a él sé que las otras entidades en blanco son diferentes en denominación y no malas.

El Ángel de La Muerte se aparece donde quiera, tienes varias facetas y maneras diferentes para todo el mundo. Según me dice de su grupo solo un es que sale y entra al cielo y al infierno; mas es por el trabajo de que el Diablo tras de malo es tramposo y se lleva a ingenuos y él les tiene que rescatar. Me indica que si pudieran los humanos ver sus peleas no les agradaría y que por ello no desean que los hombres también tengan guerras. Pues si ellos las tienen para que estemos en paz, tranquilos y disfrutando lo que nos legó el maestro porque tienen que pasar, por culpa del maligno. A mí me ha librado mucho de estar donde el lleva a muchos. No es fácil de creer más yo he comprendido que los ángeles son hermosos y cada uno tiene una tarea como nosotros los humanos. Aquí en la tierra hay abogados, jueces, artistas, cantantes en fin de todo como embalsamadores y los que nos entierran.Me imagino lo divino que sera oir un angel cantar, si cantan al Dios poderoso imaginesen la voz. No creo a nadie que hace algo triste le agrada su trabajo más tiene que hacerlo. Así es con los ángeles tienen su tarea y deben de cumplirla pues tienen que dar rendimiento a la jerarquía mayor.

judas; 9

Pero cuando el arcangel Miguel
contendia con el diablo, disputando
sobre el cuerpo de Moises, no se
atrevio a usar de juicio de maldicion
contra el, sino que dijo: El Senor te
reprenda

Cap 8

Todo lo que aquí he escrito no lo he leído en libros particulares más si tengo notas de las escrituras. Y simplemente mi forma de ver las cosas, guiada a la vez por quien me dicta, mas tanto es así que he tenido que suspender escribir por sucesos que me han puesto a pensar si debo o no continuar con este libro. Hoy 26 de diciembre de 2012 he retornado a escribir, cuantas cosas han pasado pues les diré. La perspectiva del fin del mundo por el almanaque de los mayas, por ejemplo puso a muchas personas que conozco nerviosas y sumamente sensitivas, como si en verdad fuera a suceder, más que sucede en casos así es sencillo UNA ORACION.

La oración es lo más poderoso que hay, en mi caso tuve una caída por ejemplo en mi casa me di muy fuerte en mi rodilla derecha por querer poner unos adornos en la pared, me fallo mi pierna derecha y pues me di un cantazo, pensé no era nada pero grite de inmediato me levante con esfuerzos pues esa pierna me falla y al bajar mi pantalón me dio horror ver cómo me había quedado la parte adentro de mi pierna. La vena se brotó de una manera nada bonito así que me resigne a lo que viniera. Me puse mantequilla con sal y eso me ayudo para el dolor y bajo la hinchazón. Pero sigue fallando y hasta que un medico me vea no se nada mas.

Porque les cuento esto pues sencillamente porque estaba escribiendo el libro la noche antes y me aturdí tanto que suspendí la escritura y al día siguiente me sucede el percance.

Recorde que para el año 2009 tuve otro percanse, me encontraba sacando notas para este libro de las que escribia de noche y organizandolas, pue si me dictaban no podia perder tiempo para ir a la computadora. De momento mi hijo menor que vivia a la parte de abajo en uno de los cuartos me llama para decirme que iva a cambiar el metal de la cama pues estaba con moho. Le indico que tenia uno nuevo guardado a la parte de atras en la casita de herramientas, como le vi ocupado me fui a buscarle y tratando de mover todo de la parte de arriba me cae un fierro en mi cintura. El dolor fue tan fuerte que me durmio y pude llegar con la base para mi hijo;mas de momento siento un cansansio raro y me recoste en la cama; hubiera sido mejor no hacerlo, me quise levantar y no sentia mis piernas a gritos llame mi esposo y trato de moverme pero no podia resistir el dolor de la cintura. Pero no sentia mis piernas. Llamaron la ambulancia y me llevaron al hospital de Shands en Gainsville, Florida y fui hospitalizada. Me indicaron tenia una paralizacion tal vez temporera pero que no se sabia aun.Llegaron los resultados de el mri y meindican que tenia la mariposa rota. Pregunto que es eso pues no sabia y me indicaron. Me siguieron dando morfina para el dolor y enviaron una terapista para ayudar a moverme y que no quedara en silla de ruedas. Gracias a ese Dios que me guarda y envia sus angeles, sali en muletillas. A todo esto nadie de mi familia se conmovio por mi ni fueron dignos de ir a verme.Nadie tenia dinero para ir y los pasajes eran caros y los que estaban cerca trabajaban. Me dieron de arta y me indican que de haber rose en la mariposa con el tiempo quedaria invalida, que podia tener problemas con los discos y estos a su vez ocacionarme una serie de problemas. Me sonrei y le dije al doctor, solamente dios puede decidir que sera de mi y por el momento se que no quedare invalida.hasta hoy sigo caminando con dolor pero camino.

Aun asi segui viviendo normal a los pocos dias volví a continuar mi libro y me dio hambre así que salí a comprarme un emparedado de jamón y al bajarme del auto tropiezo con el muro del estacionamiento y volé como cuando un palo rebota y caí al cemento. Grite como pude y el dolor fue grande, me di en las costilla, espalda y arrebate con mi cara del lado derecho, se me doblo la mano izquierda y no me podía mover. Pensé algo habría roto y trate de levantarme mas no podía; así que seguí pidiendo ayuda y al fin paso un auto y al verme tirada en la acera me vinieron a dar ayuda solo deseaba un emparedado e irme a mi casa, mas no me dejaron mover y me llamaron la ambulancia..

Llegaron los paramédicos, bomberos y todo a la vez, me entablillaron y me llevaron al hospital, les repetía lo mismo y lo mismo, parecía un papagayos; solo vine a comer e irme a casa por favor solo deseo comer e irme a casa. Ya estaba incoherente y menos me dejaban ir. Al llegar no me dieron nada para el dolor hasta que me hicieron todos los exámenes pertinentes, el hospital fue Monroe Hospital en Ocala Florida.

Me atendieron muy bien y luego me dieron medicamento receta y me enviaron a la casa. Me dio risa pues me rompieron la ropa que llevaba puesta y al darme de alta le pregunte al enfermero;¿ Con que ropa me voy y como mi auto se quedó allá frente a la tienda? Me dio una sonrisa y me dijo, ropa no tengo para darle pero si sabanas para que se cubra y transportación se la provee el hospital pues su seguro paga.

Me dio tristeza pues no tenía nada de nada ni paños menores, más dios que me ama tanto me envía una Sra. de las que trabajaba allí y al verme preocupada me dice: no se preocupe le voy a conseguir un uniforme de los que usan los enfermeros no será de su talla pero es mejor y sonrió. Le indique al enfermero que había conseguido ropa y no me creyó, me indica que no era posible y ese momento entra la señora con un pantalón de enfermero talla grande y una bata del hospital la que le ponen a todos.

Me miro sonriente y me dice: tiene suerte a nadie le dan ropa aquí, voy a llamarle el transporte para que la lleven a su casa, la Sra. volvió a despedirse de mí y me dice que valla con dios y que todo estaría bien, termine lo que estaba haciendo. Ahí precisamente ahí miro para donde está la estación de las enfermeras y vi una sombra pero no sentí miedo. Me sonrió con migo y alce mis ojos a dios y digo solo tome un descanso, voy a terminar el libro. NO olvidare ese agrado de ella para conmigo. Llego mi transporte y llegue a mi casa, no tenía sueño y me senté frente a la computadora mas no pude escribir nada, algo no me lo permitía. Pensé de nuevo en lo sucedido y lo de los mayas y todo y no sentí deseo de escribir. Tenía dudas o preocupaciones o tal vez confusión de ideas y acontecimientos y no sabía si seguir o destruir este libro, pues había dicho que lo terminaría.

Así que lo deje en manos de dios y espere bastantes días y hoy he vuelto a terminar lo que decidí escribir, no sé si será publicado y que guste a la verdad no lo sabré hasta que no lo termine más lo terminare ahora más ligero que nunca.¿ Porque? Porque es mucho tiempo que prometí hacerlo y cuando hacemos promesas debemos cumplirlas, no podemos jugar con el más alto que nosotros y comprendí que no debo tener miedo que lo que me sucedió era precisamente el Diablo malo interfiriendo para que no llevara el comunicado de mi forma de ver lo que a él no le conviene se conozca. Era el con sus mañas que queria confundirme y algo dentro me decia escribe, estaba entre la espada y la pared, como estar segura quien era quien y volvia a desconfiar, pero ese dia fui a la iglesia, me confese hable con Dios en un altar y le pedi me diera una señal para seguir o romper el libro. Asi llegue y dormi, me levante ya dispuesta para terminar el libro sin pensar en que no debia hacerlo. El Ángel de la Muerte de arriba y el demonio de la muerte de abajo. Con todo esto es mas que suficiente para no dejar de escribir. Es como un inpulso distinto y se que hago bien, mas el dia que lo termine y lo vea publicado comprendera mas aun que alla arriba hay un cielo especial, lleno de bellezas para todos y aca abajo que esta el pre-infierno, para sufrir tanto ante de ir al lugar peor aun que esta abajo.

Mis memorias son muchas mi tiempo corto y deseo terminar de decirles que no importa lo que les suceda cuando comenzamos algo hay que terminarlo. No voy a negar me ha dado miedo por primera vez pues este tema no es fácil. Más cuando una está enferma y a sabiendas que el Ángel te deja saber cuándo te toca en algunos casos y yo no he sentido aun esa llamada, estoy muy débil y me asusto. Le hablo y le pido que aún no me lleve que me deje terminar mi tarea antes de partir. Son muchas cosas para corregir y poco el tiempo que tengo. Más me apresurare si me da extensión ya que con la salud que me acompaña no puedo hacer nada a prisa.

Sé que él me escucha y me está dando tiempo, estos días de lo de los mayas me sirvió de meditación aunque me asuste con las caídas, pues mi cuerpito no resiste ya casi nada. Me he quedado en puras dolamas y no hay una parte del cuerpo que no me duela. Más aun así debo seguir y contarles más de mis vivencias y respeto al Ángel de La Muerte.

Si cierto es que de la familia que vengo a nadie le gusta quejarse de dolamas yo Salí débil en ese aspecto; si estoy equivocada dios dirá más adelante. Más si yo no le digo a mi doctor que me duele él no es adivino, si estoy acostada por sentirme mal y mi madre o hijos me ven y no saben que tengo como explicar que estoy acostada. Pensaran es por vagancia y sería peor.

En mi caso no puedo ni callare pues ya tuve malas experiencias con ello y casi casi el Ángel me lleva, mas como soy insistente decidió que aún tengo que terminar mi tarea en la tierra y desatar cabos que hay atados. Era mi deseo tener opiniones de diferente personas que expresaran su opinión varga la redundancia de El Ángel De L Muerte, son amistades que al hablarles de mi libro desean tener su opinión para que las publicase, mas no lo hare pues de solo mencionar de lo que escribo, vi en sus caras un cambio y no de alegría si no de miedo.

La vida hay que respetarla y yo abuse, se que no soy la unica mas espero muchos aprendan a valorarla. Si pudiera comenzar no cometeria los errores que he cometido y muchos diran igual. Pero puedo decirles esto cambiaria muchas cosas mas no cambiaria mis hijos, pues les quiero tal y como soy como les digo que me quiera con defectos y virtudes; otras cosas si cambiaria.

Salmo 103:20

Bendecid a Jehová, vosotros sus ángeles,
Poderosos en fortaleza, que ejecutáis su palabra,
obedeciendo a la voz de su precepto.

Cap 9

Notas que llevo por dos años escribiendo para poderlas captar en estas páginas. El Ángel viene de siglos y siglos, se ha presentado a muchos pero no todos han logrado poder dibujarle como es, menos sentir la esencia de la verdadera naturaleza que le obliga a dejarse sentir por los que él decide que le sienta y mucho menos se deja ver así porque así. Desearía haber sabido dibujar pues trataría de dibujarle. Mas no tengo ese talento por ello al principio habia pensado en un corazón negro con alas blancas pues así más sin detalles pense podria dar una imagen de lo que sinboliza; corazon negro por el luto y el dolor y alas blancas por pertenecer al grupo celestia. Mas no me fue permitido pues no consegui quien me dibujara el mismo y el que tenia era con derechos reservados. Asi que pense entonces poner un angel con espada y un escudo, me fue mas dificil pues nadie tenia mas o menos uno con los detalles de como le puedo imaginar y por lo que habia visto de niña. Asi que pedi asesoria al que me dieron de asesor en donde se publicara mi libro y se opto por una rosa negra y a la parte de atras motivos en rojo.

Estos colores siguen simbolizando luto y dolor y reflejo de la sangre. Asi que asi se quedo.

Las imágenes que tengo no le dan figura; Así más o menos podría describirle: Es una luz fuerte intensa pero tan brillante que ilumina cualquier habitacion sin hacer daño a tus ojos y cambia cuando tiene que ir por alguien; es como si se camuflajiara, tiene muchas alas y carga una espada y un escudo, no se ve como un ser Delgado si no bien formado, fuerte dentro de la transparencia. Su figura pese a que es transparente es enorme. Mientras cuando se me presentaba salia con una túnica blanca al igual que los demás. Su voz es ronca como si tuvieras un catarro al estar enojado y tener que enfrentarse al mandato que no le agradaba llevar pero era como una brisa suave que te aduerme cuando era regular y pese a no ver una boca con dientes dientes al cerrar mis ojos siento su sonrisa como la briza que nos acaricia dulcemente y de igual manera si tiene coraje esa misma briza nos da fuerte que podría tumbarnos o lastimarnos. Sus brazos son fuertes pues en los sueños cuando he caído sé que he sido sujetada y al despertar tengo aun en mi cuerpo esa sensación de lo sucedido. No se siente miedo cuando esta pues me siento más protegida que nunca y a nada le temo. Al ver su sombra es como si me viniera a buscar y deseo solo cerrar mis ojos y ya, más sutilmente me dice no, aun no es tu turno.

En los tiempos que estamos viviendo no es uno ni dos los que temen y no por sus vidas si no por sus hijos o nietos o bisnietos. Tal vez más que nunca debemos encontrarnos en una paz interior y externa, me indica; ayudarse unos a otros y no seguir buscando pleitos y malos entendidos entre familiares o amigos. Me dice que es triste ver como ya sin ser fin de la vida se matan unos a otros, no se respeta la vida ni de ancianos ni de niños. Sea por drogas, viviendas y hasta por comida estamos mirando que todo lo que existe en el libro más viejo del mundo; LA BIBLIA, todo se verá palabra por palabra. No tienes que estar en una religión o ser un profeta que todo lo sabe. El simple sentido común que El Creador te dio debe indicarte que más que nunca está el Ángel al asecho, y si fuera el que nos lleva a el lugar bonito todo sería tranquilidad, pero el que asecha no es él es el que nada teme y todo quiere, el que ha hecho la separación de los humanos y tal parece que la humanidad ha vuelto a los tiempos de Sodoma y Gomorra. Aunque aún muchos siguen dormidos y no desean ver, por ello también hay que saber ver como el Ángel se deprime y ver lágrimas en un Ángel, no es fácil al menos para mí.

Antes de regresar de la Isla del encanto, Puerto Rico, tuve un sueño y en el precisamente vi solo aguas y aguas. Atreves de toda la isla y en noticias únicamente era agua y más agua. Más yo corría y corría y no sé cómo ni de donde apareció algo donde me sostuve o podía detenerme para no ahogarme ya que no sé nadar. Ya al final casi del sueño siento unas manos que me tomaban por debajo de mis brazos y me levantaba suavemente del suelo y me dejaba ver con más claridad como casi todo se llenaba de agua. Me puse a llorar y pregunte si el mundo se iba acabar. Me dijo que no y que yo no estaría presente cuando eso sucediera más que se le estaban dando señales a universo para ver si el hombre cambia su formato de vida y Nuestro Creador no permite tal caos.

Pero hasta ahora no había cambios y los desastres seguirían por culpa del mismo hombre y querer ser más que quien todo lo puede. El amor se ha ido y él no nos creó para que hubiera diferencias sociales o de color. Que la sangre que corre por nuestras venas es la misma y por encima de todas las cosas solo hay un Padre y una Madre celestial. Los ángeles que nos velan y cuidan son creación de él y el ser humano no acepta aun algo tan sencillo. Se dividen en cestas religiosas, se mutilan unos a otros en vez de unirse y cuando dan la mano lo hacen para tener fama humana y no celestial.

Por esto y muchas cosas más tiene que existir el Ángel de la muerte y sus compañeros pues de lo contrario abusarían de tantas personas buenas que ellos se han llevado y no porque lo han querido si no porque se lo han ordenado para que esas personas que tanto queremos y se han ido no sufran lo que está sucediendo y lo que vendrá.

Pues es horrible lo que se acerca y no queremos verlo. Por ello he tenido que escribir y aun volver a escribir todo lo que me digan que escriba no para que estén de acuerdo conmigo sino para tratar de crear conciencia en esta sociedad humana a la que yo llamaría JUNGLA HUMANA, donde existes humanos que parecen animales salvajes y devoran a los que no se pueden defender. Somos la unica raza que se destruye unos a otros pues si nos pusieramos a obsevar los animales no atacan asi por que asi y menos a su raza, buscan otros animales o especies para poder alimentarse no para matar por matar. Solo vi una pelicula de tres leones y dicen fue veridico que mataban por pura maldad y les llamaron en ingles (the ghost and the darkens) vi la pelicula y fue espelusnante, segun dijeron al final tienen sus cuerpos disecados en un museo de chicago y se pueden ir a ver.

Es tiempo de que se despierte para que el Ángel de la muerte y sus compañeros tomen unas largas vacaciones y no tengan que llevarse a nadie a menos que sea por vejez y de esa manera estaríamos más contentos pues les toco su tiempo. No porque un borracho guiando que atropelle un inocente o mate varios en accidentes de autos. O más que los grandes grupos de droga no sigan matándose entre sí por puntos y caen nuestros niños. Si pudieran ver la actitud del angel al ver o comentar de tantos sucesos no les agradaria ver sus lagrimas salir por su rostro pese a que no diviso totalmente su cara, se ven las lagrimas y me duele tal magnitud de dolor, a donde hemos llegado.

No es el Ángel a quien debemos temer, ES AL SER HUMANO AMBISIOSO POR MAS Y MÁS; que no piensa a quien se lleva o quien cae por lograr lo que desean. Eso no es culpa del Ángel de la muerte, es de nosotros que no sabemos unirnos para poner un paro a tanta muerte innecesaria e injusta. Me pregunto ¿HASTA CUANDO? Cuando tomaremos responsabilidad de nuestros actos y aprenderemos a respetarnos y amarnos como nos dejó dicho Jesús antes de morir por nuestros pecados en una cruz; ¿morirías tu por él?

Mas mi intención es tratar que ya no se le tema a la muerte, a todos nos llega ese momento y no nos agrada. Pero como dije anteriormente:¿ Que harías si supieras que te llego el turno?¿ Unidad, caridad, bondad, piedad, generosidad, perdón? O simplemente egoísmo, maldad, criminalidad y más y más trabajo para el Ángel de la muerte.

En sus manos dejo la alternativa y pido de corazón al Dios que le debo mi vida, la de mis hijos, la de mi madre y toda mi familia. La vida que me ha dado hasta hoy con todas las necesidades y todas las comodidades pues de ahí aprendí y espero no sea tarde para dejar algo al mundo que me dio tanto y me quito a la vez. De ahí aprendí para poder tratar de ser mejor madre, hermana, hija, abuela y mejor ser humano. De no haber conocido no tendría nada que contar.

Espero les haya gustado mis pequeño o mini libro del Ángel de la muerte y algo quede en sus corazones, yo le tengo a mi lado y seguiré tratando de conversar con él para que me deje un poquito más y ver si logro escribir más de lo que he vivido al rojo vivo.La historia con mas detalles de los fuegos, espiritismo, maltratos, difamaciones, abusos y todo lo que tuve que hacer para sobrevivir. Mas lo dejo en manos del Angel y mi Dios, pues de eso depende si escribo mas o no pues lo demas es fuerte y no quise hacerlo en este primer libro ya que estoy aprendiendo a saber acomodar las historias y de este depende todo lo demas..

Que dios los bendiga,
Lady Wolfeagle

Petición a los lectores

Pido que cada uno que haya terminado de leer este humilde libro haga una Oración por mi hermana menor la Sra. Ivette, la cual fue operada de cáncer de seno y el mismo mal le ha vuelto a salir ahora en su garganta. Si bien es una generala y luchadora contra esta enfermedad, sé que el que todo lo puede está en el cielo y que los Milagros existen y si cada uno de ustedes hace una oración la cadena espero sea grande y Dios Todo poderoso le de la sanidad completa para que siga viviendo una vida y luche junto a otros para que no se rindan y demuestre que con fe todo se puede.

También unan a esa plegaria todos los que ustedes conocen que sufren de esa enfermedad tan traicionera. Pues sé que el mundo está lleno de muchos casos y no me daría una página para escribir el nombre de cada uno, más mi plegaria va en nombre de Jesús,

Moraleja:

Se presentaran altas situaciones cuando te propongas o te dicten un trabajo; mas no te rindas no importa lo que te suceda lo que comenzaste y aunque te tomen años, termina y al final sentirás un alivio como yo en este momento.

Diciembre 29,2013. Todo lo que el diablo me puso en el camino para que no terminara este humilde libro, le salió el tiro por la culata y me rio del como nunca. Diablo manganzón no pudiste ni podrás conmigo, el rabo te lo piso en nombre de Jesús de Nazaret.

Nombre de wolfeagle:

Es porque admiro lo bravío en los lobos y su forma de defender su familia a la vez que son fieles y leales. El Águila porque puede ver más allá que ven los ojos de un ser humano divisar a tiempo cualquier suceso. Como pasa con los Ángeles que son bravos y divisan más allá que nosotros.